·中小学生阅读指导目录·

俗世奇人（足本）

冯骥才／著

人民文学出版社

图书在版编目（CIP）数据

俗世奇人：足本/冯骥才著. —北京：人民文学出版社，2020
（中小学生阅读指导目录）
ISBN 978-7-02-016356-4

Ⅰ.①俗… Ⅱ.①冯… Ⅲ.①短篇小说—小说集—中国—当代 Ⅳ.①I247.7

中国版本图书馆CIP数据核字（2020）第083385号

策划编辑	脚	印
责任编辑	王	蔚
装帧设计	李思安	
责任印制	任	祎

出版发行　人民文学出版社
社　　址　北京市朝内大街166号
邮政编码　100705
网　　址　http://www.rw-cn.com

印　　刷　大厂回族自治县彩虹印刷有限公司
经　　销　全国新华书店等

字　　数　120千字
开　　本　890毫米×1290毫米　1/32
印　　张　6　插页1
印　　数　1—5000
版　　次　2016年1月北京第1版
印　　次　2020年9月第1次印刷

书　　号　978-7-02-016356-4
定　　价　28.00元

如有印装质量问题，请与本社图书销售中心调换。电话：010-65233595

出 版 说 明

　　阅读是帮助人获取知识、培养正确的价值观、提高审美水平和增强表达能力的重要手段。中小学时期正值人生的成长阶段,培养良好的阅读习惯,保证一定的阅读量,会让每一个孩子受益无穷。为此,教育部基础教育课程教材发展中心组织研制了一套《中小学生阅读指导目录》,于2020年4月向全社会发布。

　　《指导目录》推荐的书目涵盖小学、初中、高中三个学段,分人文社科、文学、自然科学、艺术四类,总计三百种图书。其中文学类图书占一百五十种,充分体现了文学阅读在中小学生课外阅读中的重要地位。人民文学出版社是全国最大的文学专业出版机构,七十年来始终坚持以传播优秀文化为己任,立足经典,注重创新,在中外文学出版方面积累了丰厚的资源。《指导目录》推荐的绝大多数文学类图书,本社很早即已出版,且经多年修订、打磨,版本质量总体较高。为使《指导目录》发挥实际作用,尽力为广大中小学生、教师、家长选书提供"一站式"便捷服务,我社充分发挥自身优势,推出了这套"中小学生阅读指导目录"丛书。丛书收书约一百三十种,以推荐阅读的文学类图书为主,并在我们编辑力量允许的范围内，酌情选入了部分人文社科、艺术、自然科学类图书。

　　青少年代表着国家的未来和希望，少年强则国强。希望这套书常伴孩子们左右，对丰富他们的精神世界、提升各方面素质，能有切实帮助。

人民文学出版社编辑部
2020年5月

目　次

序 ·· 1

苏七块 ·· 1
刷子李 ·· 5
酒婆 ·· 9
死鸟 ··· 13
张大力 ··· 19
冯五爷 ··· 22
蓝眼 ··· 27
好嘴杨巴 ··· 34
蔡二少爷 ··· 40
背头杨 ··· 44
认牙 ··· 47
青云楼主 ··· 50
小杨月楼义结李金鏊 ································· 54
泥人张 ··· 61
绝盗 ··· 65
小达子 ··· 69
大回 ··· 72

刘道元活出殡	77
黑头	84
神医王十二	90
皮大嘴	96
黄金指	102
四十八样	109
马二	115
冷脸	120
一阵风	125
张果老	131
狗不理	137
钓鸡	141
龙袍郑	146
陈四送礼	152
燕子李三	156
鼓一张	161
洋相	166
黄莲圣母	171
甄一口	177
自画小说插图记	181

序

　　天津卫本是水陆码头,居民五方杂处,性格迥然相异。然燕赵故地,血气刚烈;水咸土碱,风习强悍。近百余年来,举凡中华大灾大难,无不首当其冲,因生出各种怪异人物,既在显耀上层,更在市井民间。余闻者甚夥,久记于心;尔后虽多用于《神鞭》《三寸金莲》等书,仍有一些故事人物,闲置一旁,未被采纳。这些奇人妙事,闻若未闻,倘若废置,岂不可惜?近日忽生一念,何不笔录下来,供后世赏玩之中,得知往昔此地之众生相耶?故而随想随记,始作于今;每人一篇,各不相关,冠之总名《俗世奇人》耳。

苏 七 块

苏大夫本名苏金散,民国初年在小白楼一带,开所行医,正骨拿环,天津卫挂头牌,连洋人赛马,折胳膊断腿,也来求他。

他人高袍长,手瘦有劲,五十开外,红唇皓齿,眸子赛①灯,下巴儿一绺山羊须,浸了油赛的乌黑锃亮。张口说话,声音打胸腔出来,带着丹田气,远近一样响,要是当年入班学戏,保准是金少山的冤家对头。他手下动作更是"干净麻利快",逢到有人伤筋断骨找他来,他呢?手指一触,隔皮截肉,里头怎么回事,立时心明眼亮。忽然双手赛一对白鸟,上下翻飞,疾如闪电,只听"咔嚓咔嚓",不等病人觉疼,断骨头就接上了。贴块膏药,上了夹板,病人回去自好。倘若再来,一准是鞠大躬谢大恩送大匾来了。

人有了能耐,脾气准各色。苏大夫有个各色的规矩,凡来瞧病,无论贫富亲疏,必得先拿七块银元码在台子上,他才肯瞧病,否则决不搭理。这叫嘛规矩?他就这规矩!人家骂他认钱不认

---

① 赛:有"好像"或"似"之意,天津方言。

人，能耐就值七块，因故得个挨贬的绰号叫作：苏七块。当面称他苏大夫，背后叫他苏七块，谁也不知他的大名苏金散了。

苏大夫好打牌，一日闲着，两位牌友来玩，三缺一，便把街北不远的牙医华大夫请来，凑上一桌。玩得正来神儿，忽然三轮车夫张四闯进来，往门上一靠，右手托着左胳膊肘，脑袋瓜淌汗，脖子周围的小褂湿了一圈，显然摔坏胳膊，疼得够劲。可三轮车夫都是赚一天吃一天，哪拿得出七块银元？他说先欠着苏大夫，过后准还，说话时还哼哟哼哟叫疼。谁料苏大夫听赛没听，照样摸牌看牌算牌打牌，或喜或忧或惊或装作不惊，脑子全在牌桌上。一位牌友看不过去，使手指指门外，苏大夫眼睛仍不离牌。"苏七块"这绰号就表现得斩钉截铁了。

牙医华大夫出名的心善，他推说去撒尿，离开牌桌走到后院，钻出后门，绕到前街，远远把靠在门边的张四悄悄招呼过来，打怀里摸出七块银元给了他。不等张四感激，转身打原道返回，进屋坐回牌桌，若无其事地接着打牌。

过一会儿，张四歪歪扭扭走进屋，把七块银元"哗"地往台子上一码。这下比按铃还快，苏大夫已然站在张四面前，挽起袖子，把张四的胳膊放在台子上，捏几下骨头，跟手左拉右推，下顶上压，张四抽肩缩颈闭眼龇牙，预备重重挨几下，苏大夫却说："接上了。"当下便涂上药膏，夹上夹板，还给张四几包活血止疼口服的药面子。张四说他再没钱付药款，苏大夫只说了句："这药我送了。"便回到牌桌旁。

今儿的牌各有输赢，更是没完没了，直到点灯时分，肚子空得直叫，大家才散。临出门时，苏大夫伸出瘦手，拦住华大夫，留他有事。待那二位牌友走后，他打自己座位前那堆银元里取出

人有了能耐,脾气准各色。苏大夫有个各色的规矩,凡来瞧病,无论贫富亲疏,必得先拿七块银元码在台子上,他才肯瞧病,否则决不搭理。这叫嘛规矩?他就这规矩!

七块，往华大夫手心一放，在华大夫惊愕中说道：

"有句话，还得跟您说。您别以为我这人心地不善，只是我立的这规矩不能改！"

华大夫把这话带回去，琢磨了三天三夜，到底也没琢磨透苏大夫这话里的深意。但他打心眼儿里钦佩苏大夫这事这理这人。

刷 子 李

　　码头上的人,全是硬碰硬。手艺人靠的是手,手上就必得有绝活。有绝活的,吃荤,亮堂,站在大街中央;没能耐的,吃素,发蔫,靠边呆着。这一套可不是谁家定的,它地地道道是码头上的一种活法。自来唱大戏的,都讲究闯天津码头。天津人迷戏也懂戏,眼刁耳尖,褒贬分明。戏唱得好,下边叫好捧场,像见到皇上,不少名角便打天津唱红唱紫、大红大紫;可要是稀松平常,要哪没哪,戏唱砸了,下边一准起哄喝倒彩,弄不好茶碗扔上去,茶叶沫子沾满戏袍和胡须上。天下看戏,哪儿也没天津倒好叫得厉害。您别说不好,这一来也就练出不少能人来。各行各业,全有几个本领齐天的活神仙,刻砖刘、泥人张、风筝魏、机器王、刷子李等等。天津人好把这种人的姓,和他们拿手擅长的行当连在一起称呼。叫长了,名字反没人知道。只有这一个绰号,在码头上响当当和当当响。

　　刷子李是河北大街一家营造厂的师傅。专干粉刷一行,别的不干。他要是给您刷好一间屋子,屋里任嘛甭放,单坐着,就赛升天一般美。最别不叫绝的是,他刷浆时必穿一身黑,干完活,身上绝没有一个白点。别不信!他还给自己立下一个规矩,只要身上有白点,白刷不要钱。倘若没这本事,他不早饿成干儿了?

但这是传说。人信也不会全信。行外的没见过的不信,行内的生气愣说不信。

一年的一天,刷子李收个徒弟叫曹小三。当徒弟的开头都是端茶、点烟、跟在屁股后边提东西。曹小三当然早就听说过师傅那手绝活,一直半信半疑,这回非要亲眼瞧瞧。

那天,头一次跟师傅出去干活,到英租界镇南道给李善人新造的洋房刷浆。到了那儿,刷子李跟管事的人一谈,才知道师傅派头十足。照他的规矩一天只刷一间屋子。这洋楼大小九间屋,得刷九天。干活前,他把随身带的一个四四方方的小包袱打开,果然一身黑衣黑裤,一双黑布鞋。穿上这身黑,就赛跟地上一桶白浆较上了劲。

一间屋子,一个屋顶四面墙,先刷屋顶后刷墙。顶子尤其难刷,蘸了稀溜溜粉浆的板刷往上一举,谁能一滴不掉?一掉准掉在身上。可刷子李一举刷子,就赛没有蘸浆。但刷子划过屋顶,立时匀匀实实一道白,白得透亮,白得清爽。有人说这蘸浆的手法有高招,有人说这调浆的配料有秘方。曹小三哪里看得出来?只见师傅的手臂悠然摆来,悠然摆去,好赛伴着鼓点,和着琴音,每一摆刷,那长长的带浆的毛刷便在墙面"啪"的清脆一响,极是好听。"啪啪"声里,一道道浆,衔接得天衣无缝,刷过去的墙面,真好比平平整整打开一面雪白的屏障。可是曹小三最关心的还是刷子李身上到底有没有白点。

刷子李干活还有个规矩:每刷完一面墙,必得在凳子上坐一刷子李刷浆时必穿一身黑,干完活,身上绝没有一个白点。别不信!他还给自己立下一个规矩,只要身上有白点,白刷不要钱。倘若没这本事,他不早饿成干儿了?

大会儿,抽一袋烟,喝一碗茶,再刷下一面墙。此刻,曹小三借着给师傅倒水点烟的机会,拿目光仔细搜索刷子李的全身。每一面墙刷完,他搜索一遍,居然连一个芝麻大小的粉点也没发现。他真觉得这身黑色的衣服有种神圣不可侵犯的威严。

可是,当刷子李刷完最后一面墙,坐下来,曹小三给他点烟时,竟然瞧见刷子李裤子上出现一个白点,黄豆大小。黑中白,比白中黑更扎眼。完了!师傅露馅儿了,他不是神仙,往日传说中那如山般的形象轰然倒去。但他怕师父难堪,不敢说,也不敢看,可忍不住还要扫一眼。

这时候,刷子李忽然朝他说话:

"小三,你瞧见我裤子上的白点了吧。你以为师傅的能耐有假,名气有诈,是吧?傻小子,你再细瞧瞧吧——"

说着,刷子李手指捏着裤子轻轻往上一提,那白点即刻没了,再一松手,白点又出现,奇了!他凑上脸用神再瞧,那白点原是一个小洞!刚才抽烟时不小心烧的。里边的白衬裤打小洞透出来,看上去就跟粉浆落上去的白点一模一样!

刷子李看着曹小三发怔发傻的模样,笑道:

"你以为人家的名气全是虚的?那你是在骗自己。好好学本事吧!"

曹小三学徒头一天,见到听到学到的,恐怕别人一辈子也未准明白呢!

酒　婆

　　酒馆也分三六九等。首善街那家小酒馆得算顶末尾的一等。不插幌子，不挂字号，屋里连座位也没有；柜台上不卖菜，单摆一缸酒。来喝酒的，都是扛活拉车卖苦力的底层人。有的手捏一块酱肠头，有的衣兜里装着一把五香花生，进门要上二三两，倚着墙角窗台独饮。逢到人挤人，便端着酒碗到门外边，靠树一站，把酒一点点倒进嘴里，这才叫过瘾解馋其乐无穷呢！
　　这酒馆只卖一种酒，使山芋干造的，价钱贱，酒味大。首善街养的猫从来不丢，跑迷了路，也会循着酒味找回来。这酒不讲余味，只讲冲劲，进嘴赛镪水，非得赶紧咽，不然烧烂了舌头嘴巴牙花嗓子眼儿。可一落进肚里，跟手一股劲"腾"地蹿上来，直撞脑袋，晕晕乎乎，劲头很猛。好赛大年夜里放的那种炮仗"炮打灯"，点着一炸，红灯蹿天。这酒就叫作"炮打灯"。好酒应是温厚绵长，绝不上头。但穷汉子们挣一天命，筋酸骨乏，心里憋闷，不就为了花钱不多，马上来劲，晕头涨脑地洒脱洒脱放纵放纵吗？

要说最洒脱,还得数酒婆。天天下晌,这老婆子一准来到小酒馆,衣衫破烂,赛叫花子;头发乱,脸色黯,没人说清她嘛长相,更没人知道她姓嘛叫嘛,却都知道她是这小酒馆的头号酒鬼,尊称酒婆。她一进门,照例打怀里掏出个四四方方小布包,打开布包,里头是个报纸包,报纸有时新有时旧;打开报纸包,又是个绵纸包,好赛里头包着一个翡翠别针;再打开这绵纸包,原来只是两角钱!她拿钱撂在柜台上,老板照例把多半碗"炮打灯"递过去,她接过酒碗,举手扬脖,碗底一翻,酒便直落肚中,好赛倒进酒桶。待这婆子两脚一出门坎,就赛在地上画天书了。

她一路东倒西歪向北去,走出一百多步远的地界,是个十字路口,车来车往,常常出事。您还甭为这婆子揪心,瞧她烂醉如泥,可每次将到路口,一准是"噔"的一下,醒过来了!竟赛常人一般,不带半点醉意,好端端地穿街而过。她天天这样,从无闪失。首善街上人家,最爱瞧酒婆这醉醺醺的几步扭——上摆下摇,左歪右斜,悠悠旋转乐陶陶,看似风摆荷叶一般;逢到雨天,雨点淋身,便赛一张慢慢旋动的大伞了……但是,为嘛酒婆一到路口就醉意全消呢?是因为"炮打灯"就这么一点劲头儿,还是酒婆有超人的能耐说醉就醉说醒就醒?

酒的诀窍,还是在酒缸里。老板人奸,往酒里掺水。酒鬼们对眼睛里的世界一片模糊,对肚子里的酒却一清二楚,但谁也不肯把这层纸捅破,喝美了也就算了。老板缺德,必得报应,人近六十,没儿没女,八成要绝后。可一日,老板娘爱酸爱辣,居然有喜了!老板给佛爷叩头时,动了良心,发誓今后老实做人,诚实卖酒,再不往酒里掺水掺假了。

酒婆拿钱撂在柜台上,老板照例把多半碗「炮打灯」递过去,她接过酒碗,举手扬脖,碗底一翻,酒便直落肚中,好赛倒进酒桶。待这婆子两脚一出门坎,就赛在地上画天书了。

就是这日，酒婆来到这家小酒馆，进门照例还是掏出包儿来，层层打开，花钱买酒，举手扬脖，把改假为真的"炮打灯"倒进肚里……真货就有真货色。这次酒婆还没出屋，人就转悠起来了。而且今儿她一路上摇晃得分外好看，上身左摇，下身右摇，愈转愈疾，初时赛风中的大鹏鸟，后来竟赛一个黑黑的大漩涡！首善街的人看得惊奇，也看得纳闷，不等多想，酒婆已到路口，竟然没有酒醒，破天荒头一遭转悠到大马路上，下边的惨事就甭提了……

自此，酒婆在这条街上绝了迹。小酒馆里的人们却不时念叨起她来。说她才算真正够格的酒鬼。她喝酒不就菜，向例一饮而尽，不贪解馋，只求酒劲。在酒馆既不多事，也无闲话，交钱喝酒，喝完就走，从来没赊过账。真正的酒鬼，都是自得其乐，不搅和别人。

老板听着，忽然想到，酒婆出事那日，不正是自己不往酒里掺假的那天吗？原来祸根竟在自己身上！他便别扭开了，心想这人间的道理真是说不清道不明了。到底骗人不对，还是诚实不对？不然为嘛几十年拿假酒骗人，却相安无事，都喝得挺美，可一旦认真起来反倒毁了？

死　鸟

　　天津卫的人好戏谑，故而人多有外号。有人的外号当面叫，有人的外号只能背后说，这要看外号是怎么来的。凡有外号，必有一个好笑的故事；但故事和故事不同，有的故事可以随便当笑话说，有的故事人却不能乱讲；比方贺道台这个各色的雅号——死鸟。

　　贺道台相貌普通，赛个猪崽。但真人不露相，能耐暗中藏。他的能耐有两样，一是伺候头儿，一是伺候鸟。

　　伺候上司的事是挺特别的一功。整天跟在上司的屁股后边，跟慢跟紧全都不成。跟得太慢，遇事上不去，叫上司着急；跟得太紧，弄不好一脚踩在上司的后脚跟上，反而惹恼了上司。而且光是赛条小狗那样跟在后边也不成。还得善于察言观色，摸透上司脾气，知道嘛时候该说嘛，嘛时候不该说嘛；挨训时俯首帖耳，挨骂时点头称是。上司骂人，不准是你的不是，有时不过是上司发发威和舒舒气罢了。你要是耐不住性子，皱眉撇嘴，露出烦恼，那就叫上司记住了。从此，官儿不是愈做愈大，而是愈做愈小——就这种不是人干的事，贺道台却得心应手，做得从容自然。人说，贺道台这些能耐都出自他的天性。说他天生是上司的撒气篓子，一条顺毛驴，三脚踹不出个屁来，对么？

说完他伺候头儿，再说他伺候鸟儿。

伺候鸟的事也是另外一功。别以为把鸟关在笼子里，放点米，给点虫，再加点水，就能又蹦又跳。一种鸟有一种鸟的习惯，差一点就闭眼戗毛，耷拉翅膀；一只鸟有一只鸟的性子，不依着它就不唱不叫，动也不动，活的赛死的差不多。人说贺道台上辈子准是鸟儿。他对鸟儿们的事全懂，无论嘛鸟，经他那双小胖手一摆弄，毛儿鲜亮，活蹦乱跳，嗓子个个赛得过在天福茶园里那个唱落子的一毛旦。

第二年立夏转天，在常关做事的一位林先生，打江苏常州老家歇假回来，带给他一只八哥。这八哥个大肚圆，腿粗爪硬，通身乌黑，嘴儿金黄；叫起来，站在大街上也听得清清楚楚。贺道台心里欢喜说："公鸡的嗓门也没它大。"

林先生笑道："就是学人说话还差点。它总不好好学。怎么教也不会，可有时不留神的话，却给它学去了。不过，到您手里一调理，保准有出息。"

贺道台也笑了。说道："过三个月，我叫它能说快板书。"

然而，这八哥好比烈马，一时极难驯服。贺道台用尽法子，它也学不会。贺道台骂它一句："笨鸟。"第二天它却叫了一天"笨鸟"。叫它停嘴，它偏不停。前院后院都听得清清楚楚，午觉也没法儿睡。贺道台用罩子把笼子严严实实罩了多半天，它才不叫。到了傍晚，太太怕把它闷死，叫丫环把罩子摘去，它一露面，竟对太太说："太太起痱子了吧？"把太太吓了一跳。再一想，这不是前几天老爷对她说的话吗，不留神竟给它学去了。逗

贺道台叫仆人们用竿子打,用砖头砍,爬上树抓,八哥在树顶上来回蹦了一会儿。还不住地叫:"死鸟!死鸟!死鸟!"最后才挥翅飞去,很快就无影无踪。

得太太咯咯笑半天。待贺道台回来,对老爷说了。没等她去叫八哥再说一遍,八哥自己又说:"太太起痱子了吧?"

贺道台给逗得咧嘴直笑,还说:"这东西,连声音也学我。"

太太说:"没想到这坏东西竟这么聪明。"

自此,贺道台分外仔细照料它。日子一长,它倒是学会了几句什么"给大人请安""请您坐上座""您走好了"之类的话,只是不好好说。可是,它抽冷子蹦出几句老爷太太平时说的"起痱子"那类的话,反倒把客人逗得大笑,直笑得前仰后合。

知府大人说:"贺大人,从它身上就知道您有多聪明了。"

贺道台得意这鸟,更得意自己。这话就暂且按下不提。

九月初九那天,东城外的玉皇阁"攒九",津门百姓照例都去登阁,俗称九九登高。此时,天高气爽,登高一望,心头舒畅,块垒皆无。这天直隶总督裕禄也来到了玉皇阁,兴致非常好,顺着那又窄又陡的楼梯,一口气直爬到顶上的清虚阁。随同来的文武官员全都跑前跑后,哄他高兴。贺道台自然也在其中。他指着三岔河口上的往来帆影,说些提兴致的话,直叫裕禄大人心头赛开了花。从阁上下来,贺道台便说,自己的家就在不远,希望大人赏脸,到他家去坐坐。裕大人平日决不肯屈尊到属下家中做客。但今日兴致高,竟答应了。贺道台的轿子便在前面开道,其余官员跟随左右,骑龙驾虎一般去了。

贺道台的八哥笼子就挂在客厅窗前,裕大人一进门,它就叫:"给大人请安。"声音嘹亮,一直送进裕禄的耳朵里。

裕大人愈发兴高采烈,说道:"这东西竟然比人还灵。"

贺道台应声便说:"还不是因为大人来了。平时怎么叫它说,它也不肯说。"

待端茶上来,八哥忽又叫道:"这茶是明前茶。"

裕大人一怔,扭头对那笼子里的八哥说:"这是你的错了。现在什么时候了,哪还有明前茶?"

上司打趣,下司拾笑,笑声贯满客厅。并一齐讪笑八哥是个傻瓜。

贺道台说:"大人真是一句切中了要害。其实这话并不是我教的,这东西总是时不时蹦出来一句,不知哪来的话。"

知府笑道:"还不是平日里说者无意,听者有心。想必贺大人总喝好茶,它把茶名全记住了!"

裕禄笑道:"有什么好茶,也请裕禄我尝尝。"

大家又笑起来。但八哥听到了"裕禄"两字,忽然翅膀一抖,跟着全身黑毛全乍起来,好赛发怒,声音又高又亮地叫道:"裕禄那王八蛋!"

满厅的人全怔住。其实这一句众人全听到了,就在惊呆的一刻,这八哥又说一遍:"裕禄那王八蛋!"说得又清楚又干脆。裕禄忽地手一甩,把桌上的茶碗全抽在地上,怒喝一声:"太放肆了!"

贺道台慌忙趴在地上,声音抖得快听不见:"这不是我教给他的——"话到这里,不觉卡住了。他想到,八哥的这句话,正是他每每在裕禄那里受了窝囊气后回来说的。怎么偏偏给它记住了?这不是要他的命吗?他浑身全是凉气。

等他明白过来,裕禄和众官员已经离去,只他一个人还趴在客厅地上。他突然跳起来,朝那八哥冲去,一边吼着:"你毁了我!我撕了你,你这死鸟!"

他两手抓着笼子一扯,用力太大,笼子扯散,鸟飞出来,一把

17

没有抓住。这八哥穿窗飞出,落在树上。居然把贺道台刚刚说的这话学会了,朝他叫道:"死鸟!"

贺道台叫仆人们用竿子打,用砖头砍,爬上树抓,八哥在树顶上来回蹦了一会儿。还不住地叫:"死鸟!死鸟!死鸟!"最后才挥翅飞去,很快就无影无踪。

自此,贺道台就得了"死鸟"的外号。而且人们传这外号的时候,还总附带着这个故事。

张 大 力

张大力，原名叫张金璧，津门一员赳赳武夫，身强力蛮，力大没边，故称大力。津门的老少爷们喜欢他，佩服他，夸他。但天津人有自己夸人的方法。张大力就有这么一件事，当时无人不晓，现在没人知道，因此写在下边——

侯家后一家卖石材的店铺，叫聚合成。大门口放一把死沉死沉的青石大锁，锁把也是石头的。锁上刻着一行字：

凡举起此石锁者赏银百两

聚合成设这石锁，无非为了证明它的石料都是坚实耐用的好料。

可是，打石锁撂在这儿，没人举起过，甚至没人能叫它稍稍动一动，您说它有多重？好赛它跟地壳连着，除非把地面也举到头上去！

一天，张大力来到侯家后，看见这把锁，也看见上边的字，便俯下身子，使手问一问，轻轻一撼，竟然摇动起来，而且赛摇一个竹篮子，这就招了许多人围上来看。只见他手握锁把，腰一挺劲,大石锁被他轻易地举到空中。胳膊笔直不弯,脸上笑容满面,好赛举着一大把花儿!

众人叫好呼好喊好,张大力举着石锁,也不撂下来,直等着聚合成的伙计老板全出来,看清楚了,才将石锁放回原地。老板上来笑嘻嘻说:

"原来张老师来了,快请到里头坐坐,喝杯茶!"

张大力听了,正色说:"老板,您别跟我弄这套!您的石锁上写着嘛,谁举起它,赏银百两,您就快把钱拿来,我还忙着哪!"

谁料聚合成的老板并不理会张大力的话。待张大力说完,他不紧不慢地说道:"张老师,您只瞧见石锁上边的字了,可石锁底下还有一行字,您瞧见了吗?"

张大力怔了。刚才只顾高兴,根本没瞧见锁下边还有字。不单他没瞧见,旁人也都没瞧见。张大力脑筋一转,心想别是老板唬他,不想给钱,以为他使过一次劲,二次再举不起来了,于是上去一把又将石锁高高举到头顶上,可抬眼一看,石锁下边还真有一行字,竟然写着:

唯张大力举起来不算

把这石锁上边和下边的字连起来,就是:

凡举起此石锁者赏银百两,唯张大力举起来不算

众人见了,都笑起来。原来人家早知道唯有他能举起这家伙。而这行字也是人家佩服自己,夸赞自己——张大力当然明白。

他扔了石锁,哈哈大笑,扬长而去。

张大力来到侯家后，看见这把锁，也看见上边的字，便俯下身子，使手问一问，轻轻一撼，竟然摇动起来，而且赛摇一个竹篮子，这就招了许多人围上来看。只见他手握锁把，腰一挺劲，大石锁被他轻易地举到空中。胳膊笔直不弯，脸上笑容满面，好赛举着一大把花儿！

冯 五 爷

　　冯五爷是浙江宁波人。冯家出两种人，一经商，一念书。冯家人聪明，脑袋瓜赛粤人翁伍章雕刻的象牙球，一层套一层，每层一花样。所以冯家人经商的成巨富，念书的当文豪做大官。冯五爷这一辈五男二女，他排行末尾，几位兄长远在上海天津开厂经商，早早地成家立业，站稳脚跟。唯独冯五爷在家啃书本。他人长得赛条江鲫，骨细如鱼刺，肉嫩如鱼肚，不是赚钱发财的长相，倒是舞文弄墨的材料。凡他念过的书，你读上句，他背下句，这能耐据说只有宋朝的王安石才有。至于他出口成章，落笔生花，无人不服。都说这一辈冯家的出息都在这五爷身上了。

　　冯五爷二十五，父母入土，他卖房卖地，携家带口来到天津卫，为的是投兄靠友，谋一条通天路。

　　他心气高，可天津卫是商埠，毛笔是用来记账的，没人看书，自然也没人瞧得起念书的。比方说，地上有黄金也有书本，您捡哪样？别人发财，冯五爷眼热，脑筋一歪，决意下海做买卖。但此道他一窍不通，干哪行呢？

　　中国人想赚钱，第一个念头便是开饭馆。民以食为天，民为

冯五爷嘴里搭讪,一双文人的锐利眼却上上下下打量他,心中一边揣度——这光头光身,往哪儿藏披?破鞋里也塞不了一盒烟呵!灯笼通明雪亮,里头放点嘛也全能照出来。

食花钱；一天三顿饭，不吃腿就软，钱都给了饭馆老板。天津的钱又都在商人手里，商界的往来大半在饭桌上。再说，天津产盐，吃菜口重，宁波菜咸，正合口味。于是冯五爷拿定主意，开个宁波风味的馆子，便在马家口的闹市里，选址盖房，取名"状元楼"。择个吉日，升匾挂彩，燃鞭放炮，饭馆开张了。冯五爷身穿藏蓝暗花大褂，胸前晃着一条纯金表链，中印分头，满头抹油，地道的老板打扮，站在大厅迎宾迎客，应付八方。念书的人，讲究礼节，谈吐又好，很得人缘。再说，状元楼是天津卫独一家宁波菜馆，海鱼河虾都是天津人解馋的食品，在宁波厨子手里一做，比活鱼活虾还鲜。故此开张以来，天天坐满堂，晚上一顿还得"翻台"，上两拨客人。眼瞅着金河银河，往钱匣子里流，冯五爷心花怒放。可日子一长，赚钱并不多。冯五爷纳闷，天天一把把银钱，赛一群群鸟飞进来，都落到哪儿去了？往后再一瞧账，哟，反倒出了赤字！

一日，一个打宁波帮工来的小伙计，抖着胆子告诉他，厨房里的鸡鸭鱼肉，进到客人嘴里的有限，大多给厨子伙计们截墙扔出去，外边有人接应。状元楼有多少钱经得住天天往外扔？

冯五爷盛怒之后，心想自己嘛脑袋，《二十四史》背得滚瓜烂熟，能拿这帮端盘子炒菜的没辙？这就开刀了。除去那个打宁波老家带来的胖厨子没动，其余伙计全轰走，斩草除根换一拨人，还有后院墙头安装电网，以为从此相安无事，可账上仍是赤字，怎么回事？

又一日，住在状元楼邻近一位婆子，咬耳朵对他说，每天后响，垃圾车一到，一摇铃铛，打状元楼里抬出的七八个土箱子①，

---

① 土箱子：天津人对垃圾箱的俗称。

只有上边薄薄一层是垃圾,下边全是铁皮罐头、整袋咸鱼、好酒好烟。原来内外勾结,用这法儿把东西弄走。这不等于拿土箱子每天往外抬钱吗?冯五爷赶在一个后晌倒垃圾的时候,上前一查,果然如此。大怒之下,再换一拨人。人是换了,但账本上的赤字还是没有换掉。

冯五爷不信自己无能,天天到馆子瞪大眼珠,内内外外巡视一番,却看不出半点毛病。文人靠想象过日子,真落到生活的万花筒里,便是"自作聪明真傻瓜"。状元楼就赛破皮球,撒气漏风,眼瞅着败落下来。买卖赛人,靠一股气儿活着,气泄了,谁也没辙。愈少客人,客人愈少;油水没油,伙计散伙。饭厅有时只开半边灯了。

冯五爷心里只剩下一点不服。

再一日,身边使唤的小童对他说,外头风传,状元楼里最大的偷儿不是别人,就是那个打老家带来的胖厨子。据说他偷瘾极大,无日不偷,无时不偷,无物不偷,每晚回家必偷一样东西走,而且偷术极高,绝对查看不出。冯五爷不肯相信,这胖厨子当年给自己父亲做饭,胖厨子的父亲给自己爷爷做饭,他家的根早扎在冯家了。倘若他是贼,谁还会不是贼?

但是,冯五爷究竟干了两年的买卖,看到的假笑比真笑多,听到的假话比真话多,心里也多了一个心眼儿了。当日晚上,状元楼该关灯闭门的时候,冯五爷带着小童到饭馆前厅,搬一把藤椅,撂在通风处,仰面一躺,说是歇凉,实是捉贼。

等了不久,胖厨子封上炉火,打后头厨房出来,正要回家。他光着脑袋一身肉,下边只穿一条大白裤衩,趿拉一双破布鞋,肩上搭一条汗巾,手提一盏纸灯笼。他瞅见老板,并不急着脱身离去，而是站着说话。那模样赛是说：您就放开眼瞧吧！

　　冯五爷嘴里搭讪，一双文人的锐目利眼却上上下下打量他，心中一边揣度——这光头光身，往哪儿藏掖？破鞋里也塞不了一盒烟呵！灯笼通明雪亮，里头放点嘛也全能照出来。裤衩虽大，但给大厅里来回来去的风一吹，大腿屁股的轮廓都看得清清楚楚，还能有嘛？是不是搭在肩上那条擦汗的手巾里裹着点什么？心刚生疑，不等他说，胖厨子已把汗巾从肩上拿下，甩手扔给小童，说道："外边都凉了，我带这条大毛巾做什么，烦你给搭在后院的晾衣绳上吧！"说完辞过冯五爷，手提灯笼，大摇大摆走了。

　　冯五爷叫小童打开毛巾，里头嘛也没有，差点冤枉好人。

　　可是转天，这小童打听到，胖厨子昨晚使的花活，在那灯笼上。原来插洋蜡的灯座不是木头的，而是拿一块冻肉镟的，这块肉足有二斤沉！可人家居然就在冯五爷眼皮子底下，使灯照着，大模大样提走了，真叫绝了！

　　冯五爷听罢，三天没说话，第四天就把状元楼关了。有人劝他重返文苑，接着念书，他摇头叹息。念书得信书。他连念书的人能耐还是不念书的人能耐都弄不清，哪还会有念书的心思？

蓝　眼

古玩行中有对天敌,就是造假画的和看假画的。造假画的,费尽心机,用尽绝招,为的是骗过看假画的那双又尖又刁的眼;看假画的,却凭这双眼识破天机,看破诡计,捏着这造假的家伙没藏好的尾巴尖儿,打一堆画里把它揪出来,晾在光天化日底下。

这看假画的名叫蓝眼。在锅店街裕成公古玩铺做事,专看画。蓝眼不姓蓝,他姓江,原名在棠,蓝眼是他的外号。天津人好起外号,一为好叫,二为好记。这蓝眼来源于他的近视镜,镜片厚得赛瓶底,颜色发蓝,看上去真赛一双蓝眼。而这蓝眼的关键还是在他的眼上。据说他关灯看画,也能看出真假;话虽有点玄,能耐不掺假。他这蓝眼看画时还真的大有神道——看假画,双眼无神;看真画,一道蓝光。

这天,有个念书打扮的人来到铺子里,手拿一轴画。外边的题签上写着"大涤子湖天春色图"。蓝眼看似没看,他知道这题签上无论写嘛,全不算数,真假还得看画。他唰地一拉,疾如闪电,露出半尺画心。这便是蓝眼出名的"半尺活",他看画无论大小，只看半尺。是真是假，全拿这半尺画说话，绝不多看一寸一分。蓝眼面对半尺画，眼镜片唰地闪过一道蓝光，他抬起头问来者：

"你打算卖多少钱？"

来者没急着要价，而是说：

"听说西头的黄三爷也临摹过这幅画。"

黄三爷是津门造假画的第一高手。古玩铺里的人全怕他。没想到蓝眼听赛没听，又说一遍：

"我眼里从来没有什么黄三爷。你说你这画打算卖多少钱吧。"

"两条。"来者说。这两条是二十两黄金。

要价不低，也不算太高，两边稍稍地你抬我压，十八两便成交了。

打这天起，津门的古玩铺都说锅店街的裕成公买到一轴大涤子石涛的山水，水墨浅绛，苍润之极，上边还有大段题跋，尤其难得。有人说这件东西是打北京某某王府流落出来的。来卖画的人不大在行，蓝眼却抓个正着。花钱不少，东西更好。这么精的大涤子，十年内天津的古玩行就没现过。那时没有报纸，嘴巴就是媒体，愈说愈神，愈传愈广。接二连三总有人来看画，裕成公都快成了绸缎庄了。

世上的事，说足了这头，便开始说那头。大约事过三个月，开始有人说裕成公那幅大涤子靠不住。初看挺唬人，可看上几遍就稀汤寡水，没了精神。真假画的分别是，真画经得住看，假画受不住瞧。这话传开之后，就有新闻冒出来——有人说这画是西头黄三爷一手造的赝品！这话不是等于拿盆脏水往人家蓝

这蓝眼的关键还是在他的眼上。据说他关灯看画，也能看出真假；话虽有点玄，能耐不掺假。他这蓝眼看画时还真的大有神道——看假画，双眼无神；看真画，一道蓝光。

眼的袍子上泼吗？

蓝眼有根，理也不理。愈是不理，传得愈玄。后来就说得有鼻子有眼儿了。说是有人在针市街一个人家里，看到了这轴画的真品。于是，又是接二连三，不间断有人去裕成公古玩铺看画，但这回是想瞧瞧黄三爷用嘛能耐把蓝眼的眼蒙住的。向来看能人栽跟斗都最来神儿！

裕成公的老板佟五爷心里有点发毛，便对蓝眼说："我信您的眼力，可我架不住外头的闲话，扰得咱铺子整天乱哄哄的。咱是不是找个人打听打听那画在哪儿。要真有张一模一样的画，就想法把它亮出来，分清楚真假，更显得咱高。"

蓝眼听出来老板没底，可是流言闲语谁也没辙，除非就照老板的话办，真假一齐亮出来。人家在暗处闹，自己在明处赢。

佟老板找来尤小五。尤小五是天津卫的一只地老鼠，到处乱钻，嘛事都能叫他拿耳朵摸到。他们派尤小五去打听，转天有了消息。原来还真的另有一幅大涤子，也叫《湖天春色图》，而且真的就在针市街一个姓崔的人家！佟老板和蓝眼都不知道这崔家是谁。佟老板便叫尤小五引着蓝眼去看。蓝眼不能不去，待到了那家一看，眼镜片唰唰闪过两道蓝光，傻了！

真画原来是这幅。铺子里那幅是假造的！这两幅画的大小、成色、画面，全都一样，连图章也是仿刻的。可就是神气不同——瞧，这幅真的是嘛神气！

他当初怎么打的眼，已经全然不知。此时面对这画，真恨不得钻进地里去。他二十年没错看过一幅。他蓝眼简直成了古玩行里的神。他说真必真，说假准假，没人不信。可这回一走眼，传了出去，那可毁了。看真假画这行，看对一辈子全是应该的，

冯骥才画的蓝眼 乙未阳春古鱼

佟老板和蓝眼都不知道这崔家是谁。佟老板便叫尤小五引着蓝眼去看。蓝眼不能不去,待到了那家一看,眼镜片唰唰闪过两道蓝光,傻了!

看错一幅就一跟斗栽到底。

他没出声。回到店铺跟老板讲了实话。裕成公和蓝眼是连在一块的,要栽全栽。佟老板想了一夜,有了主意,决定把崔家那轴大涤子买过来,花大价钱也在所不惜。两幅画都攥在手里,哪真哪假就全由自己说了。但办这事他们决不能露面,便另外花钱请个人,假装买主,跟随尤小五到崔家去买那轴画。谁料人家姓崔的开口就是天价。不然就自己留着不卖了。买东西就怕一边非买,一边非不卖。可是去装买主这人心里有底,因为来时黄老板对他有话:"就是砸了我铺子,你也得把画给我买来。"这便一再让步,最后竟花了七条金才买到手,反比先前买的那轴多花了近三倍的钱。

待把这轴画拿到裕成公,佟老板舒口大气,虽然心疼钱,却保住了裕成公的牌子。他叫伙计们把两轴画并排挂在墙上,彻底看个心明眼亮。等画挂好,蓝眼上前一瞧,眼镜片唰唰唰闪过三道光。人竟赛根棍子立在那里。天下的怪事就在眼前——原来还是先前那幅是真的,刚买回来的这幅反倒是假的!

真假不放在一起比一比,根本分不出真假——这才是人家造假画的本事,也是最高超的本事!

可是蓝眼长的一双是嘛眼?肚脐眼?

蓝眼差点一口气闭过去。转过三天,他把前前后后的事情捋了一遍,这才明白,原来这一切都是黄三爷在暗处做的圈套,一步步叫你钻进来。人家真画卖得不吃亏,假画卖得比天高。他忽然想起,最早来卖画的那个书生打扮的人,不是对他说过"黄三爷也临摹过这幅画"吗?人家有话在先,早就说明白这幅画有真有假。再看打了眼怨谁?看来,这位黄三爷不单冲着钱来的,干脆就是冲着自己来的。人家叫你手里攥着真画,再去买他造的假画。多绝!等到他明白了这一层,才算明白到家,认栽到底!打这儿起,蓝眼卷起被袱卷儿离开了裕成公。自此不单天津古玩行没他这号,天津地面也瞧不见他的影子。有人说他得一场大病,从此躺下,再没起来。栽得真是太惨了!

再想想看,他还有更惨的——他败给人家黄三爷,却只见到黄三爷的手笔,人家的面也没叫他见过呢!

所幸的是,他最后总算想到黄三爷的这一手,死得明明白白。

好嘴杨巴

　　津门胜地,能人如林,此间出了两位卖茶汤的高手,把这种稀松平常的街头小吃,干得远近闻名。这二位,一位胖黑敦厚,名叫杨七;一位细白精朗,人称杨八。杨七杨八,好赛哥俩,其实却无亲无故,不过他俩的爹都姓杨罢了。杨八本名杨巴,由于"巴"与"八"音同,杨巴的年岁长相又比杨七小,人们便错把他当成杨七的兄弟。不过要说他俩的配合,好比左右手,又非亲兄弟可比。杨七手艺高,只管闷头制作;杨巴口才好,专管外场照应,虽然里里外外只这两人,既是老板又是伙计,闹得却比大买卖还红火。

　　杨七的手艺好,关键靠两手绝活。

　　一般茶汤是把秫米面沏好后,捏一撮碎芝麻撒在浮头,这样做香味只在表面,愈喝愈没味儿。杨七自有高招,他先盛半碗秫米面,便撒上一次芝麻,再盛半碗秫米面,沏好后又撒一次芝麻。这样一直喝到见了碗底都有香味。

　　他另一手绝活是,芝麻不用整粒的,而是先使铁锅炒过,再拿擀面杖压碎。压碎了,里面的香味才能出来。芝麻必得炒得

杨七杨八

这二位,一位胖黑敦厚,名叫杨七;一位细白精朗,人称杨八。杨七杨八,好赛哥俩,其实却无亲无故,不过他俩的爹都姓杨罢了。

焦黄不煳,不黄不香,太煳便苦;压碎的芝麻粒还得粗细正好,太粗费嚼,太细也就没嚼头了。这手活儿别人明知道也学不来。手艺人的能耐全在手上,此中道理跟写字画画差不多。

可是,手艺再高,东西再好,拿到生意场上必得靠人吹。三分活,七分说,死人说活了,破货变好货,买卖人的功夫大半在嘴上。到了需要逢场作戏、八面玲珑、看风使舵、左右逢源的时候,就更指着杨巴那张好嘴了。

那次,李鸿章来天津,地方的府县道台费尽心思,究竟拿嘛样的吃喝才能把中堂大人哄得高兴?京城豪门,山珍海味不新鲜,新鲜的反倒是地方风味小吃,可天津卫的小吃太粗太土;熬小鱼刺多,容易卡嗓子;炸麻花梆硬,弄不好硌牙。琢磨三天,难下决断,幸亏知府大人原是地面上走街串巷的人物,嘛都吃过,便举荐出"杨家茶汤";茶汤黏软香甜,好吃无险,众官员一齐称好,这便是杨巴发迹的缘由了。

这日下晌,李中堂听过本地小曲莲花落子,饶有兴味,满心欢喜,撒泡热尿,身爽腹空,要吃点心。知府大人忙叫"杨七杨八"献上茶汤。今儿,两人自打到这世上来,头次里外全新,青裤青褂,白巾白袜,一双手拿碱面洗得赛脱层皮那样干净。他俩双双将茶汤捧到李中堂面前的桌上,然后一并退后五步,垂手而立,说是听候吩咐,实是请好请赏。

李中堂正要尝尝这津门名品,手指尖将碰碗边,目光一落碗中,眉头忽地一皱,面上顿起阴云,猛然甩手,"啪"地将一碗茶汤打落在地,碎瓷乱飞,茶汤泼了一地,还冒着热气儿。在场众官员吓懵了,杨七和杨巴慌忙跪下,谁也不知中堂大人为嘛犯怒。

杨巴就这个样子

杨巴的脑筋飞快地一转两转三转，主意来了！只见他脑袋撞地，『咚咚咚』叩得山响，一边叫道：『中堂大人息怒！小人不知道中堂大人不爱吃压碎的芝麻粒，惹恼了大人。大人不记小人过，饶了小人这次，今后一定痛改前非！』说完又是一阵响头。

当官的一个比一个糊涂,这就透出杨巴的明白。他眨眨眼,立时猜到中堂大人以前没喝过茶汤,不知道撒在浮头的碎芝麻是嘛东西,一准当成不小心掉上去的脏土,要不哪会有这大的火气?可这样,难题就来了——

倘若说这是芝麻,不是脏东西,不等于骂中堂大人孤陋寡闻,没有见识吗?倘若不加解释,不又等于承认给中堂大人吃脏东西?说不说,都是要挨一顿臭揍,然后砸饭碗子。而眼下顶要紧的,是不能叫李中堂开口说那是脏东西。大人说话,不能改口。必须赶紧想辙,抢在前头说。

杨巴的脑筋飞快地一转两转三转,主意来了!只见他脑袋撞地,"咚咚咚"叩得山响,一边叫道:"中堂大人息怒!小人不知道中堂大人不爱吃压碎的芝麻粒,惹恼了大人。大人不记小人过,饶了小人这次,今后一定痛改前非!"说完又是一阵响头。

李中堂这才明白,刚才茶汤上那些黄渣子不是脏东西,是碎芝麻。明白过后便想,天津卫九河下梢,人性练达,生意场上,心灵嘴巧。这卖茶汤的小子更是机敏过人,居然一眼看出自己错把芝麻当作脏土,而三两句话,既叫自己明白,又给自己面子。这聪明在眼前的府县道台中间是绝没有的,于是对杨巴心生喜欢,便说:

"不知道当无罪!虽然我不喜欢吃碎芝麻(他也顺坡下了),但你的茶汤名满津门,也该嘉奖!来人呀,赏银一百两!"

这一来,叫在场所有人摸不着头脑。茶汤不爱吃,反倒奖巨银,为嘛?傻啦?杨巴趴在地上,一个劲儿地叩头谢恩,心里头却一清二楚全明白。

自此,杨巴在天津城威名大震。那"杨家茶汤"也被人们改称作"杨巴茶汤"了。杨七反倒渐渐埋没,无人知晓。杨巴对此毫不内疚,因为自己成名靠的是自己一张好嘴,李中堂并没有喝茶汤呀!

蔡二少爷

  蔡家二少爷的能耐特别——卖家产。
  蔡家的家产有多大？多厚？没人能说清。反正人家是天津出名的富豪，折腾盐发的家，有钱做官，几代人还全好古玩。庚子事变时，老爷子和太太逃难死在外边。大少爷一直在上海做生意，有家有业。家里的东西就全落在二少爷身上。二少爷没能耐，就卖着吃。打①小白脸吃到满脸胡茬，居然还没有"坐吃山空"。人说，蔡家的家产够吃三辈子。
  敬古斋的黄老板每听这话，心里暗笑。他多少年专卖蔡家的东西。名人家的东西较比一般人的东西好卖。而黄老板凭他的眼力，看得出二少爷上边几代人都是地道的玩主。不单没假，而且一码是硬邦邦的好东西，到手就能出手。蔡家卖的东西一多半经他的手，所以他知道蔡家的水有多深。十五年前打蔡家出来的东西是珠宝玉器，字画珍玩；十年前成了瓷缸石佛，硬木家具；五年前全是一包一包的旧衣服了。东西虽然不错，却渐渐

---

① 打：有"自"或"从"之意，天津方言。

蔡二少爷笑笑，只淡淡说一句：「我总不能把祖宗留下来的全卖了，那不成败家子了吗？」可一谈价就难了，每件东西的要价比黄老板心里估计的卖价还高，这在古玩里叫作：脖梗价。就是逼着别人上吊。

显出河干见底的样子。这黄老板对蔡二少爷的态度也就一点点地变化。十五年前,他买二少爷的东西,全都是亲自去蔡家府上;十年前,二少爷有东西卖,派人叫他,他一忙就把事扔在脖子后边;五年前,已经变成二少爷胳肢窝里夹着一包旧衣服,自个儿跑到敬古斋来。

这时候,黄老板耷拉着眼皮说:"二少爷,麻烦您把包儿打开吧!"连伙计们也不上来帮把手。黄老板拿个尺子,把包里的衣服一件件挑出来,往旁边一甩,同时嘴里叫个价钱,好赛估衣街上卖布头的。最后结账时,全是伙计的事,黄老板人到后边喝茶抽烟去了。黄老板自以为摸透了蔡家的命脉,可近两年这脉相可有点古怪了。

蔡家二少爷忽然不卖旧衣,反过来又隔三岔五派人叫他到蔡家去。海阔天空地先胡扯半天,扭身从后边柜里取出一件东西给他看,件件都是十分成色的古玩精品。不是康熙五彩的大碟子,就是一把沈石田细笔的扇子。二少爷把东西往桌上一撂那神气,好赛又回到十多年前。黄老板说:"真是瘦死的骆驼比马大,二少爷的箱底简直没有边啦!东西卖了快二十年,还是拿出一件是一件!"蔡二少爷笑笑,只淡淡说一句:"我总不能把祖宗留下来的全卖了,那不成败家子了吗?"可一谈价就难了,每件东西的要价比黄老板心里估计的卖价还高,这在古玩里叫作:脖梗价。就是逼着别人上吊。

像蔡家这种人家卖东西,有两种卖法:一是卖穷,一是卖富。所谓卖穷,就是人家急等着用钱,着急出手,碰上这种人,就赛撞上大运;所谓卖富,就是人家不缺钱花,能卖大价钱才卖。遇到这种人,死活没办法。蔡二少爷一直是卖穷,嘛时候改卖富了?

一天,北京琉璃厂大雅轩的毛老板来到敬古斋。这一京一津两家古玩店,平日常有往来,彼此换货,互找买主,熟得很。

毛老板进门就瞧见古玩架上有件东西很眼熟,走近一看,一个精致的紫檀架上,放着一叠八片羊脂玉板刻的《金刚经》,馆阁体的蝇头小字,讲究之极,还描了真金。他扭脸对黄老板说:"这东西您打哪来的?"脸上的表情满是疑惑。

黄老板说:"半个月前新进的,怎么?"

毛老板追问一句:"谁卖您的?"

黄老板眼珠一转,心想你们京城人真不懂规矩。古玩行里,对人家的买主或卖主都不能乱打听。他笑了笑,没搭茬儿。

毛老板觉出自己问话不当,改口说:"是不是你们天津的蔡二少爷匀给您的?这东西是打我手里买的。"

黄老板怔住,禁不住说:"他是卖主呀!怎么还买东西?"

毛老板接过话:"我一直以为他是买主,怎么还卖?要不我刚才问你。"

两人大眼对小眼,都发傻。

毛老板忽指着柜上的一个大明成化的青花瓶子说:"那瓶子也是我卖给他的!他多少钱给您的?我可是跟白扔一样让给他的。"

毛老板还蒙在鼓里,黄老板心里头已经真相大白。他不能叫毛老板全弄明白。待毛老板走后,他马上对伙计们说:

"记住,蔡二少爷不能再打交道了。这王八蛋卖东西卖出能耐来了,已经成精了!"

背 头 杨

光绪庚子后,社会维新,人心思变,光怪陆离,无奇不有,大直沽冒出一个奇人,人称背头杨。当时,男人的辫子剪得太急,而且头发受之父母,不肯剪去太多,剪完后又没有新发型接着,于是就剩下一头长长的散发,赛玉米穗子背在后脑壳上,俗称马子盖,大名叫背头。背头便成了维新的男人们流行的发式了。

既然如此,这个留背头姓杨的还有嘛新鲜的?您问得好,我告您——这人是女的!

大直沽有个姓杨的大户。两个没出门的闺女。杨大小姐,斯文好静,整天待在家;杨二小姐,激进好动,终日外边跑,模样和性情都跟小子们一样,而且好时髦,外边流行什么,她就立即弄到自己身上来。她头次听到"革命"二字,马上就铰了头发,仿照维新的男人们留个背头。这在当时可是个大新闻。可她不管家里怎么闹,外头怎么说,我行我素,快意得很。但没出十天,麻烦就来了——

这天傍晚,背头杨打老龙头的西学堂听完时事演讲回家。下边憋了一泡尿。她急着往家赶,愈急愈憋不住。简直赛江河

杨二小姐,激进好动,终日外边跑,模样和性情都跟小子们一样,而且好时髦,外边流行什么,她就立即弄到自己身上来。她头次听到『革命』二字,马上就铰了头发,仿照维新的男人们留个背头。

翻浪,要决口子。她见道边有间茅厕,便一头钻进去。

天下的茅厕都是一边男一边女,中间隔道墙,左男右女。她正解裤带的当口,只听蹲着的一个女的大声尖叫:"流氓!流氓!"跟着,另一个也叫起来,声音更大。她给这一叫懵了,闹不清流氓在哪儿,提着裤子跑出去。谁料里边的几个女的跟着跑出来,喊打叫骂,认准她是个到女厕所占便宜的坏小子。过路的人,上来把她截住,一拥而上,连踢带打。背头杨叫着:"别打,别打,我是女的!"谁料招致更凶猛的殴打:"打就打你这冒牌的'女的'!"直到巡警来,认出这是杨家的二小姐,才把她救出来送回家。背头杨给打得一身包,脸上挂了彩,见了爹娘,又哭又闹,一连多少天,那就不去说了。

打这儿,背头杨在外边再不敢进茅厕。憋急了就是尿在裤裆里,也不去茅厕。她不能进男厕,更不能进女厕。一时间,连自己是男是女也弄不清了。

她不去找事,可是事来找她。

她听说,大直沽一带的女厕所接连出事。据说总有个留背头的男子闯进去,进门就说:"我是背头杨。"唬住对方,占些便宜后扭身就跑。虽然没出大事,却闹得人心惶惶。还有些地面上的小混混也趁火打劫,在女厕所的墙外时不时叫一嗓子:"背头杨来了!"叫这一带的女厕所都赛闹鬼的房子,没人敢进去。

背头杨真弄不明白,维新怎么会招来这么多麻烦。不过留一个背头,连厕所也进不得。而且是进厕所不行,不进厕所也不行。不知是她把事情扰乱,还是事情把她扰乱。一赌气,她在屋里待了两个月。慢慢头发长了,恢复了女相,哎,这一来女厕所自然就随便进了,而且女厕所也肃静起来,好似天底下的麻烦全没了。

认　牙

治牙的华大夫，医术可谓顶天了。您朝他一张嘴，不用说哪个牙疼，哪个牙酸，哪个牙活动，他往里瞅一眼全知道。他能把真牙修理得赛假牙一样漂亮，也能把假牙做得赛真牙一样得用。他哪来的这么大的能耐，费猜！

华大夫人善、正派、规矩，可有个毛病，便是记性差，记不住人，见过就忘，忘得干干净净。您昨天刚去他的诊所瞧虫子牙，今儿在街头碰上，一打招呼，他不认得您了，您恼不恼？要说他眼神差，他从不戴镜子，可为嘛记性这么差？也是费猜！

后来，华大夫出了一件事，把这两个费猜的问题全解开了。

一天下晌，巡捕房来了两位便衣侦探，进门就问，今儿上午有没有一个黑脸汉子到诊所来。长相是络腮胡子，肿眼泡儿，挨着右嘴角一颗大黑痣。华大夫摇摇头说："记不得了。"

侦探问："您一上午看几号？"

华大夫回答："半天只看六号。"

侦探说："这就奇了！总共一上午才六个人，怎么会记不住？再说这人的长相，就是在大街上扫一眼，保管也会记一年。

告明白你吧,这人上个月在估衣街持枪抢了一家首饰店,是通缉的要犯,您不说,难道跟他有瓜葛?"

华大夫平时没脾气,一听这话登时火起,啪!一拍桌子,拔牙的钳子在桌面上蹦得老高。他说:"我华家三代行医,治病救人,从不做违背良心的事。记不得就是记不得!我也明白告诉你们,那祸害人的家伙要给我瞧见,甭你们来找我,我找你们去!"

两位侦探见牙医动怒,龇着白牙,露着牙花,不像装假。他们迟疑片刻,扭身走了。

天冷了的一天,华大夫真的急急慌慌跑到巡捕房来。跑得太急,大褂都裂了。他说那抢首饰店的家伙正在开封道上的"一壶春"酒楼喝酒呢!巡捕闻知马上赶去,居然把这黑脸巨匪捉拿归案了。

侦探说:"华大夫,您怎么认出他来的?"

华大夫说:"当时我也在'一壶春'吃饭,看见这家伙正跟人喝酒。我先认出他嘴角那颗黑痣,这长相是你们告诉我的,可我还不敢断定就是他,天下不会只有一个嘴角长痣的,万万不能弄错!但等到他咧嘴一笑,露出那颗虎牙,这牙我给他看过,记得,没错!我便赶紧报信来了!"

侦探说:"我还是不明白,怎么一看牙就认出来了呢?"

华大夫哈哈大笑,说:"我是治牙的呀,我不认识人,可认识牙呀!"

侦探听罢,惊奇不已。

这事传出去,人们对他那费猜的事就全明白啦。他记不住人,不是毛病,因为他不记人,只记牙;治牙的,把全部心思都使在牙上,医术还能不高?

天冷了的一天，华大夫真的急急慌慌跑到巡捕房来。跑得太急，大褂都裂了。他说那抢首饰店的家伙正在开封道上的『一壶春』酒楼喝酒呢！巡捕闻知马上赶去，居然把这黑脸巨匪捉拿归案了。

青 云 楼 主

　　青云楼主,海河边一小文人的号。嘛叫小文人?就是在人们嘴边绝对挂不上号,可提起他来差不多还都知道的那类文人。
　　此君脸窄身薄,皮黄肉干,胳膊大腿又细又长,远瞧赛几根竹竿子上晾着的一张豆皮。但人不可貌相,海不可斗量。他能写能画,能刻图章,连托裱的事也行;可行家们说他——手糙了点儿。因故,天津卫的买卖没他写的匾,饭庄药铺的墙上不挂他的画。他于书画这行,是又在行里,又在行外。文人落到这地步,那股子"怀才不遇"的滋味,是苦是酸,还是又苦又酸,只有他自己知道了。
　　于是,青云楼这斋号就叫他想出来了。他自号青云楼主,还写了一副对子挂在迎面墙壁上:"人在青山里,心卧白云中。"他常常自言自语念这对子。每每念罢,闭目摇肩,真如隐士。然而,天津卫是个凡夫俗子的花花世界,青云楼就在大胡同东口,买东西的和卖东西的挤成个团儿。再说他隔墙就是四季春大酒楼,整天鱼味肉味葱味酱味换着样儿往窗户里边飘。关上窗户?那管屁用!窗玻璃拦得住鱼鲜肉香,却拦不住灯红酒绿。一位

青云楼主如上青云，身子发飘，一夜没睡，天亮时，忽来灵感，挥笔给那老美写了『宁静致远』四个大字，亲手裱成横批，送到邮局寄去。邮件里还附一张信纸，提个要求，要人家把字挂在墙上后，无论如何站在这字前面，照张照片寄来。

邻居对他说:"你这青云楼干脆也改成饭馆算了。这青云楼三字听着还挺好听,一叫准响!"

这话当时差点叫他死过去。

乾旋地转,运气有变。一天,有个好事的小子陈八,带来一位美国人拜访他。这人五十多岁,秃头鼓眼大胡子,胡子里头瞧不见嘴。陈八说这老美喜欢中国的老东西,尤其是字画。青云楼主头一回与洋人会面,脑子发乱,手脚也忙,踩凳子挂画时,差点来个人仰马翻。那老美并没注意到他,只管去瞧墙上的画,每瞧一幅,就哇啦哇啦叫一嗓子,好赛洗屁股时叫水烫着了。然后,嘬起嘴啧啧赞赏一番。这一嘬嘴,就见有一个樱桃样的东西,又湿又红,从他的胡子中间拱出来。青云楼主定神一看,原是这老美的嘴唇。最后他用中文一个字一个字对青云楼主说:"我、太、高、兴、了、谢、谢——我、太、高、兴、了、谢、谢——"他大概只学了这几个字,反反复复地说,一直告辞而去。

青云楼主高兴得要疯。他这辈子,头次叫人这么崇拜。两个月后,他收到一封洋文写的信。他拿到《大公报》的报馆去找懂洋文的朱先生。朱先生一看就笑了,对他说:"你用嘛法子,把人家老美都折腾出神经病来了!他说他回国后天天眼睛里都是你写的字,晚上做梦也是你的字,还说他感到中国的艺术家绝对都是天才!"

青云楼主如上青云,身子发飘,一夜没睡,天亮时,忽来灵感,挥笔给那老美写了"宁静致远"四个大字,亲手裱成横批,送到邮局寄去。邮件里还附一张信纸,提个要求,要人家把字挂在墙上后,无论如何站在这字前面,照张照片寄来。他想,他要拿这照片给人看。给亲友看,给街坊邻居看,给那些小看他的人看,再给买卖家那几个大老板看,给报馆的编辑们看,最后在报上刊登出来。都看吧!瞪圆你们的狗眼看看吧!你们不认我,人家老美认我!

　　他在青云楼中坐等三个月,直等到有点疑惑甚至有点泄气时,一封外皮上写着洋文的信终于寄来了。他忙撕开,抻出一封信,全是洋文,他不懂,里边并没照片。再看信封,照片竟卡在里边,他捏住照片抻出来一瞧,有点别扭,不大对劲,他再细瞧,竟傻了。那老美倒是站在他那字的前边照了相,可是字儿却挂倒了,全朝下了!

小杨月楼义结李金鏊

民国二十八年,龙王爷闯进天津卫,大小楼房全赛站在水里。三层楼房水过腿,两层楼房水齐腰,小平房便都落得"没顶之灾"了。街上行船,窗户当门,买卖停业,车辆不通,小杨月楼和他的一班人马,被困在南市的庆云戏院。那时候,人都泡在水里,哪有心思看戏?这班子二十来号人便睡在戏台上。

龙王爷赖在天津一连几个月,戏班照样人吃马喂,把钱使净,便将十多箱行头道具押在河北大街的"万成当"。等到水退了,火车通车,小杨月楼急着返回上海,凑钱买了车票,就没钱赎当了,急得他闹牙疼,腮帮子肿得老高。戏院一位热心肠的小伙计对他说:"您不如去求李金鏊帮忙,那人仗义,拿义气当命。凭您的名气,有求必应。"

李金鏊是天津卫出名的一位大锅伙,混混头儿。上刀山,下火海,跳油锅,绝不含糊,死千①一个。虽然黑白道上,也讲规矩讲脸面讲义气,拔刀相助的事,李金鏊干过不少,小杨月楼却从

---

① 死千:天津地方土语,也是混混儿的行话。死千表示担当出生入死的差事。

来不沾这号人。可是今儿事情逼到这地步,不去也得去了。他跟随这小伙计到了西头,过街穿巷,抬眼一瞧,怔住了。篱笆墙,栅栏门,几间爬爬屋,大名鼎鼎的李金鳌就住在这破瓦寒窑里?小伙计却截门一声呼:"李二爷!"

应声打屋里猫腰走出一个人来,出屋直起身,吓了小杨月楼一跳。这人足有六尺高,肩膀赛门宽,老脸老皮,胡子拉碴;那件灰布大褂,足够改成个大床单,上边还油了几块。小杨月楼以为找错人家,没想到这人说话嘴上赛扣个罐子,瓮声瓮气问道:"找我干吗?"口气挺硬,眼神极横,错不了,李金鳌!

进了屋,屋里赛破庙,地上是土,条案上也是土,东西全是东倒西歪;迎面那八仙桌子,四条腿缺了一条,拿砖顶上;桌上的茶壶,破嘴缺把,磕底裂肚,盖上没疙瘩。小杨月楼心想,李金鳌是真穷还是装穷?若是真穷,拿嘛帮助自己?于是心里不抱什么希望了。

李金鳌打量来客,一身春绸裤褂,白丝袜子,黑礼服呢鞋,头戴一顶细辫巴拿马草帽,手拿一柄有字有画的斑竹折扇。他瞄着小杨月楼说:"我在哪儿见过你?"眼神还挺横,不赛对客人,赛对仇人。

戏院小伙计忙做一番介绍,表明来意。李金鳌立即起身,拱拱手说:"我眼拙,杨老板可别在意。您到天津卫来唱戏,是咱天津有耳朵人的福气!哪能叫您受治、委屈!您明儿晌后就去'万成当'拉东西去吧!"说得真爽快,好赛天津卫是他家的。这更叫小杨月楼满腹狐疑,以为到这儿来做戏玩。

转天一早,李金鳌来到河北大街的"万成当",进门朝着高高的柜台仰头叫道:"告你们老板去,说我李金鳌拜访他来了!"

这一句,不单把柜上的伙计吓跑了,也把典当来的主顾吓跑了。老板慌张出来,请李金鳌到楼上喝茶,李金鳌理也不理,只说:"我朋友杨老板有几个戏箱押在你这里,没钱赎当,你先叫他搬走,交情记着,咱们往后再说。"说完拨头便走。

当日晌后,小杨月楼带着几个人碰运气赛的来到"万成当",进门却见自己的十几个戏箱——大衣箱、二衣箱、三衣箱、盔头箱、旗把箱等等,早已摆在柜台外边。小杨月楼大喜过望,竟然叫好喊出声来,这样便取了戏箱,高高兴兴返回上海。

小杨月楼走后,天津卫的锅伙们听说这件事,佩服李金鳌的义气,纷纷来到"万成当",要把小杨月楼欠下的赎当钱补上。老板不肯收,锅伙们把钱截着柜台扔进去就走。多少亦不论,反正多得多。这事又传到李金鳌耳朵里。李金鳌在北大关的天庆馆摆了几桌,将这些代自己还情的弟兄们着实宴请一顿。

谁想到小杨月楼回到上海,不出三个月,寄张银票到天津"万成当",补还那笔欠款,"万成当"收过锅伙们的钱,哪敢再收双份,老板亲自捧着钱给李金鳌送来了。李金鳌嘛人?不单分文不取,看也没看,叫人把这笔钱分别还给那帮代他付钱的弟兄。至此,钱上边的事清楚了,谁也不欠谁的了。这事本该了结,可是情没结,怎么结?

转年冬天,上海奇冷,黄浦江冰冻三尺,大河盖上盖儿。甭说海上的船开不进江来,江里的船晚走两天便给冻得死死的,比抛锚还稳当。这就断了码头上脚夫们的生路,尤其打天津去扛活的弟兄们,肚子里的东西一天比一天少,快只剩下凉气了。恰巧李金鳌到上海办事,见这情景,正愁没辙,抬眼瞅见小杨月楼主演《芸娘》的海报,拔腿便去找小杨月楼。

这人足有六尺高,肩膀赛门宽,老脸老皮,胡子拉碴;那件灰布大褂,上边还成个大床单,足够改油了几块。小杨月楼以为找错人家,没想到这人说话嘴上赛扣个罐子,瓮声瓮气问道:"找我干吗?"口气挺硬,眼神极横,错不了,李金鳌!

赶到大舞台时,小杨月楼正是闭幕卸装时候,听说天津的李金鏊在大门外等候,脸上带着油彩就跑出来。只见台阶下大雪里站着一条高高汉子。他口呼:"二哥!"三步并两步跑下台阶。脚底板冰雪一滑,一屁股坐在地上,仰脸对李金鏊还满是欢笑。

小杨月楼在锦江饭店盛宴款待这位心中敬佩的津门恩人。李金鏊说:"杨老板,您喂得饱我一个脑袋,喂不饱我黄浦江边的上千个扛活的弟兄。如今大河盖盖儿,弟兄们没饭辙,眼瞅着小命不长。"

小杨月楼慨然说:"我去想办法!"

李金鏊说:"那倒不用。您只要把上海所有名角约到一块儿,义演三天就成!戏票全给我,我叫弟兄们自个儿找主去卖,这么做难为您吗?"

小杨月楼说:"二哥真行,您叫我帮忙,又不叫我费劲。这点事还不好办吗?"第二天就把大上海所有名角,像赵君玉、周信芳、黄玉麟、刘筱衡、王芸芳、刘斌昆、高百岁等等,全都约齐,在黄金戏院举行义演。戏票由天津这帮弟兄拿到平日扛活的主家那里去卖。这些主家花钱买几张票,又看戏,又帮忙,落人情,过戏瘾,谁不肯?何况这么多名角同台献技,还是《龙凤呈祥》《红鬃烈马》等一些热闹好看的大戏,更是千载难逢。一连三天过去,便把冻成冰棍的上千个弟兄全救活了。

李金鏊完事要回天津,临行前,小杨月楼又是设宴送行。酒足饭饱时,小杨月楼叫人拿出一大包银子,外头拿红纸包得四四方方,送给李金鏊。既是盘缠,也有对去年那事谢恩之意。李金鏊一见钱,面孔马上板起来,沉下来的嗓门更显得瓮声瓮气。他说道:"杨老板,我这人,向例只交朋友,不交钱。想想看,您和

赶到大舞台时,小杨月楼正是闭幕卸装时候,听说天津的李金鳌在大门外等候,脸上带着油彩就跑出来。只见台阶下大雪里站着一条高高汉子。他口呼:"二哥!"三步并两步跑下台阶。脚底板冰雪一滑,一屁股坐在地上,仰脸对李金鳌还满是欢笑。

我这段交情,有来有往,打谁手里过过钱?谁又看见过钱?折腾来折腾去,不都是那些情义吗?钱再多也经不住花,可咱们的交情使不完!"说完起身告辞。

小杨月楼叫李金鏊这一席话说得又热又辣,五体流畅。第二天唱《花木兰》,分外的精气神足,嗓门冒光,整场都是满堂彩。

泥 人 张

手艺道上的人，捏泥人的"泥人张"排第一。而且，有第一，没第二，第三差着十万八千里。

泥人张大名叫张明山。咸丰年间常去的地方有两处：一是东北城角的戏院大观楼，一是北关口的饭馆天庆馆。坐在那儿，为了瞧各样的人，也为捏各样的人。去大观楼要看戏台上的各种角色，去天庆馆要看人世间的各种角色。这后一种的样儿更多。

那天下雨，他一个人坐在天庆馆里饮酒，一边留神四下里吃客们的模样。这当儿，打外边进来三个人。中间一位穿得阔绰，大脑袋，中溜个子，挺着肚子，架势挺牛，横冲直撞往里走。站在迎门桌子上的"撂高的"一瞅，赶紧吆喝着："益照临的张五爷可是稀客，贵客，张五爷这儿总共三位——里边请！"

一听这喊话，吃饭的人都停住嘴巴，甚至放下筷子瞧瞧这位大名鼎鼎的张五爷。当下，城里城外气最冲的要算这位靠着贩盐赚下金山的张锦文。他当年由于为盛京将军海仁卖过命，被海大人收为义子，排行老五。所以又有"海张五"一称。但人家当面叫他张五爷,背后叫他海张五。天津卫是做买卖的地界儿,谁有钱谁横,官儿也怵三分。可是手艺人除外。手艺人靠手吃饭,求谁?怵谁?故此,泥人张只管饮酒,吃菜,西瞧东看,全然没把海张五当个人物。

但是不会儿,就听海张五那边议论起他来。有个细嗓门的说:"人家台下一边看戏,一边手在袖子里捏泥人。捏完拿出来一瞧,台上的嘛样,他捏的嘛样。"跟着就是海张五的大粗嗓门说:"在哪儿捏?在袖子里捏?在裤裆里捏吧!"随后一阵笑,拿泥人张找乐子。

这些话天庆馆里的人全都听见了。人们等着瞧艺高胆大的泥人张怎么"回报"海张五。一个泥团儿砍过去?

只见人家泥人张听赛没听,左手伸到桌子下边,打鞋底下抠下一块泥巴。右手依然端杯饮酒,眼睛也只瞅着桌上的酒菜,这左手便摆弄起这团泥巴来;几个手指飞快捏弄,比变戏法的刘秃子的手还灵巧。海张五那边还在不停地找乐子,泥人张这边肯定把那些话在他手里这团泥上全找回来了。随后手一停,他把这泥团往桌上"叭"地一截,起身去柜台结账。

吃饭的人伸脖一瞧,这泥人真捏绝了!就赛把海张五的脑袋割下来放在桌上一般。瓢似的脑袋,小鼓眼,一脸狂气,比海张五还像海张五,只是只有核桃大小。

海张五在那边,隔着两丈远就看出捏的是他。他朝着正走出门的泥人张的背影叫道:"这破手艺也想赚钱,贱卖都没人要。"

泥人张头都没回,撑开伞走了。但天津卫的事没有这样完的——

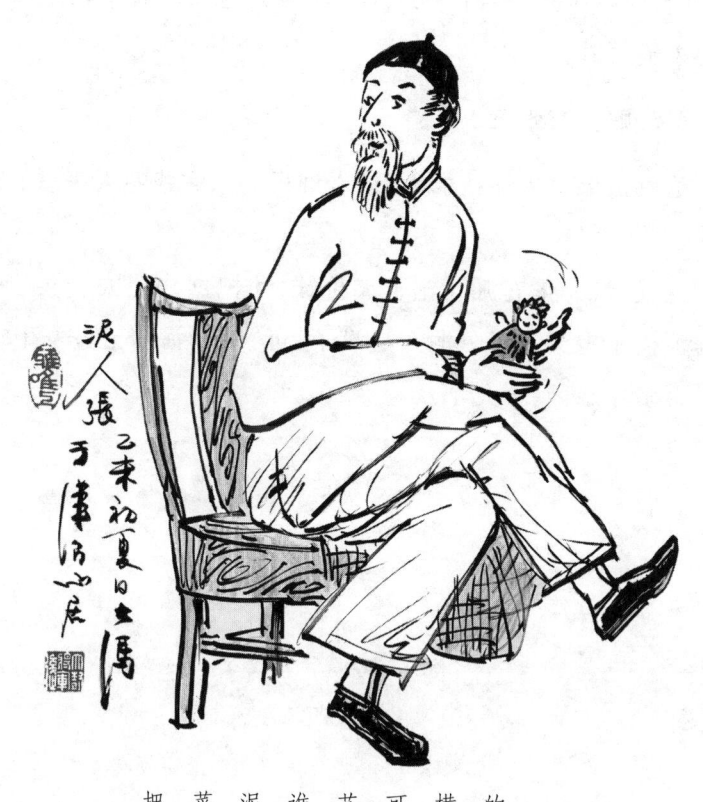

天津卫是做买卖的地界儿，谁有钱谁横，官儿也怵三分。可是手艺人除外。手艺人靠手艺吃饭，求谁？怵谁？故此，泥人张只管饮酒、吃菜，西瞧东看，全然没把海张五当个人物。

第二天,北门外估衣街的几个小杂货摊上,摆出来一排排海张五这个泥像,还加了个身子,大模大样坐在那里。而且是翻模子扣的,成批生产,足有一二百个。摊上还都贴着个白纸条,上边使墨笔写着:

贱卖海张五

估衣街上来来往往的人,谁看谁乐。乐完找熟人来看,再一块乐。

三天后,海张五派人花了大价钱,才把这些泥人全买走,据说连泥模子也买走了。泥人是没了,可"贱卖海张五"这事却传了一百多年,直到今儿个。

绝　盗

　　老城区和租界之间那块地,是天津卫最野的地界,人头极杂,邪事横生。二十年代,这里一处临街小屋,来了一对青年男女租房结婚。新床新柜,红壶绿盆,漂漂亮亮装满一屋。大门外两边墙垛子上还贴了一双红喜字。结婚转天一早,小两口就出门做事上班。邻居也不知他们姓甚名谁。

　　事过三天,小两口去上班不久,忽然打东边飞也似来了一辆拉货的平板三轮。蹬车的是个老头子,骨瘦肉紧,皮黑牙黄,小腿肚子赛两个铁球,一望便知是个长年蹬车的车夫。车板上蹲着两个小子,全是十七八岁,手拿木棍、板斧和麻绳。这爷仨面色都凶,看似来捉冤家。

　　老头子把车直蹬到那新婚小两口的门前,猛一刹车,车上两小子蹦下来,奔到门前一看,扭头对那老头子说:"爹,人不在家,门还锁着呢!"门板上确是挂着一把大洋锁。

　　老头子登时火冒三丈,眼珠子瞪得全是眼白,脑袋脖子上的青筋直蹦,跳下车大骂起来:"这不孝的禽兽,不管爹娘,跑到这儿造他妈宫殿来了。小二小三,给我把门砸开!"

应声,那两个小子抡起板斧,把门锁砸散。门儿大开,一屋子新房的物品全亮在眼前。老头子一看更怒,手指空屋子,又跳又叫,声大吓人:

"好呵,没心没肺的东西!从小疼你抱你喂你宠你,把你这白眼狼养活成人,如今你娘一身病,请大夫吃药没钱,你一个子儿不给,弄个小妖精藏到这儿享福来,你娘快死啦!你享福?我就叫你享福享福享福!小二小三!站着干嘛!把屋里东西全给我弄回家去!要敢偏向你们大哥,我就砸折你俩的腿!"

那两个小子七手八脚,把屋里的箱子包袱、被褥衣服抱出来,往车上堆。

邻居们跑出来围观。听这老头子一通骂,才知道那新婚小两口的来历。这种连快死的老娘都不管的白眼狼,自然没人出来管。再说那老头子怒火正旺,人像过年放的火炮,一个劲儿往上蹿,谁拦他,他准和谁玩命!

东西搬得差不多,那两小子说:"爹,大家伙抬不动,怎么办?"

老头子一声惊雷落地:"砸!"

跟手一通乱响,最后玻璃杯子打屋里也扔了出来,这才罢手。老头子依旧怒气难消,吼一句:"明儿见面再说!"便扬长而去。

门儿大敞开没人管,晾了一整天。邻居们远远站着,没人上前,可谁也没离开。等着那小两口回来有戏看。

下晌,新婚的小两口打西边有说有笑地回来。到家门口一看,蒙了。过去问邻居,一直站在那里的邻居反而纷纷散开。有位大爷出来说话,显然他对这不尽孝心的年轻人不满,朝新郎

老头子登时火冒三丈，眼珠子瞪得全是眼白，脑袋脖子上的青筋直蹦，跳下车大骂起来：『这不孝的禽兽，不管爹娘，跑到这儿造他妈官殿来了。小二小三，给我把门砸开！』

说道：

"早上，你爹和你兄弟们来了，是他们干的。你回你爹妈那儿去看看吧！"

新郎一听，更蒙。忽然禁不住大声叫道："我哪还有爹呀！我三岁时爹就死了，我娘大前年也死了。只一个姐姐嫁到关外去，哪来的兄弟？"

"嘛？"大爷一惊。可早上的事真真切切，一时脑筋没转过来，还是说："那明明是你爹呀！"

小两口赶紧去局子报案。但案子往下足足查了十年，也没找到他们那个"爹"。

天津卫的盗案千奇百怪，这一桩却数第一。偷盗的居然做了人家的"爹"；被盗的损失财物不说，反当了"儿子"，而且还叫人哑巴吃黄连——有苦说不出来。若是忍不住跟人说了，招不来同情，反叫人取笑，更倒霉。多损，多辣，多绝——多邪！

小 达 子

　　小达子其貌不扬,短脖短腿,灰眼灰皮,软绵绵赛块烤山芋;站着赛个影子,走路赛一道烟儿,人说这种人天生是当贼的材料。没错!小达子眼刁手疾,就是你把票子贴在肚皮上,转眼也会到他手里,还保管叫你不知不觉,连肚皮贴票子的感觉也没变。可他最看家的本事,是在电车上。你在车上要是遇到他,千万别往他身上靠,否则你身上有什么,就一准没什么。

　　举个例子说,那种穿西服的小子,要是上了电车,保他没跑!因为那种小子好时髦,钱包都掖在西服裤子的屁股后边口袋里,口袋没盖,上边露着钱包窄窄一道边儿。可要想伸手把钱包抻出来,也是妄想。口袋小,钱包鼓,紧绷绷,屁股上的神经不比脸皮的神经差,一动就察觉。小达子却自有招儿。逢到此时,他往车门边的柱子一倚,等车一停,那小子下车的一刹那,他手比电光还快,唰地过去,用食指和中指的指尖夹住钱包的边儿。下车时人的重心和注意力都向下,于是口袋的钱包不用去抻,它自个儿就舒舒服服不知不觉退出来了。话说到这儿,别以为这电车上的天下就是小达子的。

一天，小达子在车上，打白帽衙门那站上来一位中年男子，黑礼服呢的褂子外边亮晶晶晃荡着一条纯金的怀表链，还挺粗。小达子待着没动，等车快到梨栈时，他靠上去。这儿的车轨有一截 S 形。车到这里，必得一晃，他借势往那人身上一靠，表就到他手里，跟手揣入怀中；动作快得连眼珠子也跟不上。等车到梨栈，下车人多，他便挤在人群中，快快下车离开了现场。

他一边走，一边美滋滋琢磨着今天的收获。忽然间发现走在前边的一个人，很像刚才车上那个中年男子。他正犹疑的当口，那人转过身来，果真就是那人；奇怪的是，那人胸口地方亮闪闪，依然晃着那条又粗又亮的表链！难道他还有一块表？小达子不自觉用手一摸自己怀中，吓了一跳，竟然空空如也。他半辈子偷别人，头一遭尝到挨偷后的感觉。更栽跟斗的是，他怎么也琢磨不出这家伙用什么法儿从他身上把表取回去的。这人见他发傻的样子，龇牙一笑，笑里分明带着几分轻贱他的意味，好似说："你笨手笨脚也想干这个！"然后收起笑来，转身而去。

打这天，小达子不再上电车。

小达子

大马 2015.5

得手了！

小达子待着没动，等车快到梨栈时，他靠上去。这儿的车轨有一截S形。车到这里，必得一晃，他借势往那人身上一靠，表就到他手里，跟手揣入怀中；动作快得连眼珠子也跟不上。

大　回

大回姓回,人高马大,手大脚大嘴大耳朵大,人叫他大回。叫惯了大回,反倒没人知道他的名字。

大回是能人,专攻垂钓。手里一根竹竿子,就是钓鱼竿;一个使针敲成的钩,就是鱼钩;一根纳鞋底子用的上了蜡的细线绳,就是鱼线;还有一片鸽子的羽毛拴在线绳上,就是鱼漂。只凭这几样再普通不过的东西,他蹲在坑边,顶多七天,能把坑里几千条鱼钓光了,连鱼秧子也逃不掉。

甭管水里的鱼多杂,他想要哪种鱼就专上哪种鱼;他还能钓完公鱼钓母鱼,一对对地往上钓。他钓的大鱼比他还沉,钓的小鱼比鱼钩还小。

人说钓鱼凭的是运气,他凭的全是能耐。

钓鲫鱼用的红虫子,又小又细,好赛线头,而且只有一层薄皮儿,里边一兜儿血红的水。要想把鱼钩穿进去,那可不易;弄不好钩尖一斜,一股红水出来,单剩下一层皮儿了。可人家大回把红虫子全放在嘴里,在腮帮子那里存着。用的时候,手指捏着鱼钩,张开嘴把钩往里边一挂,保管把那小红虫漂漂亮亮穿在鱼

甭管水里的鱼多杂，大回想要哪种鱼就专上哪种鱼；他还能钓完公鱼钓母鱼，一对对地往上钓。他钓的大鱼比他还沉，钓的小鱼比鱼钩还小。

钩上。就这手活儿，谁会？

他无论钓什么都有绝法，比方钓王八。

钓鱼时钩到王八，都是竿儿弯，线不动，很容易疑惑是钩上了水下边的石块。心里急，一使劲，线断了！大回不急，稳稳绷住。停了会儿，见线一走，认准那是王八在爬，就更不急着提竿。尤其大王八，被鱼钩钩住之后，便用两只前爪子抓住水草。假若用力提竿，竿不折线断。每到这时候，大回便从腰间摸出一个铜环，从鱼竿的底把套进去，穿过鱼竿一松手，铜环便顺着鱼线溜下去。水底下的王八正吃着劲儿，忽见一个锃亮的东西直朝自己的脑袋飞来，不知是嘛，扬起前爪子一挡，这便松开下边的草。嘿，就势把它舒舒服服地提上来！

这招这法，还在哪儿见过？

天津卫人过年有个风俗，便是放生。就是把一条活鲤鱼放到河里去。为的是行善，求好报。放鱼时，要在鱼的背鳍上拴一根红绳，做个记号。倘若第二年把这鱼打上来，就再拴一根红绳。第三年照样还拴一根。据说这种背上拴着三根红绳的鲤鱼，放到河里，可以跳龙门。一切人间的福禄寿财，就全招来了。

可是鲤鱼到处有，拴红绳的鱼无处弄到。鱼要是给鱼钩钩过一次，就变得又灵又贼。拴一根红绳的鲤鱼在鱼市上偶尔还能看见，拴两根红绳的鲤鱼看不见，拴三根红绳的连撒网打鱼的也没瞧见过。你想花大价钱买，他会笑着说："你有本事把河淘干了，我就有本事把它弄上来。"

怎么办？找大回。天津卫八大家都是一进腊月，就跟大回定这种三根红绳的鲤鱼了。

大回站在河边，看好鱼道。鱼道就是鱼在水里常走的路，大回有双神眼，能一眼看到水里。他瞧准鲤鱼常待的地界，把一个面团扔下去。这面团比栗子大，小鱼吃不进嘴，大鱼一口一个。但这面团里边决不下钩，纯粹是扔到河里喂鱼，一天扔一个。开头，那贼乎乎的大鱼冒着危险试着吃，一吃没事，第二天再来一个，胆儿便渐渐大起来，最后见了面团张嘴就吞。半个月二十天后，大回心想差不多了，用鱼钩钩个面团扔下去。错不了——一条拴红绳的大鲤鱼就结结实实绷住了。

可是这法子最多只能钓到拴两根红绳的鲤鱼。三根红绳的鲤鱼决不上钩。这三根绳的鲤鱼已经给钓到三次，就是吃屎也不敢再吃面团了。使嘛法子？就用小孩的屁屁做鱼食！大回不是把鱼琢磨透了？

南门外那些水坑，哪个坑里有嘛鱼，哪个坑里鱼的大小，哪个坑的鱼有多少条，他心里全一清二楚。他能把坑里的鱼全钓绝了，但他也决不把任何一个坑里的鱼钓绝了。钓绝了，他玩嘛？故而，小鱼不钓，等它长大，母鱼不钓，等它潲子。远近钓者都称他"鱼绝后"。这可不是骂他，是夸他。

这外号并不好——

民国三年，夏至后转一天。大回钓一天鱼，人困力乏。多半辈子，整天站在坑边河边，风吹日晒，身子里的油耗得差不多了。他在鼓楼北的聚合成饭庄，吃饱肚子喝足酒，提着一篓子鱼摇摇晃晃回家，走不动就靠墙睡会儿。他家在北城根，这一段路不近，他走走停停直到午夜，迷迷糊糊就趴在大街上了。这时街上走过来一辆拉东西的马车，赶车人在车上睡着了。但就是醒着也瞧不见他——凑巧这段路的几盏街灯给风吹灭了。这真是该活死不了，该死活不了。马车从他身上轧过去时，车夫那老家伙睡得太死，居然也没觉出来。转天天亮才叫人发现，大回给车轧成一个片儿了，赛张纸似的贴在地面上。奇怪的是，人轧瘪了，鱼篓子却没轧着，里边的鱼还都活着。等巡警一追查，更奇怪的是，那车上拉的东西，竟然是一车鱼！这事叫人听了一怔一惊，脖子后边冒出凉气来。

有人说，这事坏就坏在他那个外号上了，"鱼绝后"就是叫"鱼"把他"绝后"了。但也有人说，这是上天的报应，他一辈子钓的鱼实在太多了，龙王爷叫他去以命抵命。可事情传到东城里的文人裴文锦——裴五爷那里，人家念书的人说的话就另一个味儿了。人家说：

能人全都死在能耐上。

刘道元活出殡

　　天津卫的买卖家多如牛毛。两家之间只要纠纷一起,立时就有一种人钻进来,挑词架讼,把事闹大,一边代写状子,一边去拉拢官府,四处奔忙,借机搂钱。这种人便是文混混儿。

　　混混儿是天津卫土产的痞子。历来分文武两种。武混混儿讲打讲闹,动辄断臂开瓢,血战一场;文混混儿却只凭手中一支笔,专替吃官司的买卖家代理讼事。别看笔毛是软的,可文混混儿的毛笔里藏着一把尖刀;白纸黑字,照样要人命。这文混混儿之中,拔尖的要数刘道元。

　　买卖家打官司,谁使刘道元的状子谁准赢,没跑。人说,他手里的笔就是判官笔,他本人就是本地人间的判官,谁死谁活,全看他笔下的一撇一捺了。可是他决不管小店小铺的事,只给大买卖写状子。大买卖有钱,要多少给多少。他要是缺钱,也用不着去借,只要到大买卖门前,往门框上一靠,掌柜的立时就包一包钱,笑嘻嘻送上来。那些武混混儿们来要钱,都是用爬头钉打嘴里把自己的嘴巴子钉在门框上,不给钱不算完。那模样龇牙咧嘴,鲜血直流,真把人吓死。但人家文混混儿刘道元决不这么干,他倚在门框上的神气,好赛闲着没事晒太阳。只要钱一到手,扭身就走,决不多事。这便是文混混儿的这个"文"字了。

刘道元有钱,不买房置地,不要钱,不逛窑子,连仆婢也一概不用。光棍一个人,一直住在西门外掩骼会北边的一个院子里,由两个徒弟金三和马四伺候着。赚来的钱,吃用之外,全都使在义气上了。他走在路上,只要听到谁家在屋里哭哭啼啼,说穷道苦,或者穷得打架,便一撩窗子,一把钱哗啦啦扔进去。掩骼会那一带,不少人家受过他的恩惠。可谁也不敢当面谢他;你谢他,他不认账,还翻脸骂你。

要论混混儿的性子,不管文武,全一个混样。

一天,他忽把俩徒弟金三和马四叫到跟前说:"师傅我今年五十六,人间的事看遍了,阴间的事一点也不知道。近来我总琢磨着,这人死后到底嘛样?我今儿有个好主意,我装死,活着出一次殡,我呢,就躲在棺材里,好好开开眼。可我人在棺材里,外边事不能料理,就全交给你们俩了。听着!你们俩王八蛋别心一黑,把我钉死在棺材里!"

金三灵又快,马四笨又慢。金三说:"哪能呢,师傅要是完了,我俩还不如一对丧家犬呢。师傅!您的主意虽好,可人家死人,都得累七做斋,至少也得七天。您哪能天天躲在棺材里?那里边又黑又窄又闷,您受得住?再说您要是急着吃东西、急着拉屎怎么办?我的意思,棺材摆在灵堂上是空的,您藏在后院那间堆东西的小屋里。后院绝对不准人去。吃喝一切,我俩天天照样伺候您。等到出殡那天,您再往棺材里一钻。至于那棺材盖儿,哪能钉呀,您还得掀开一点往外瞧呢!"

刘道元笑了,说:"你这王八蛋还真灵,就这么办吧!"

刘道元的脑袋「轰」的一下——但这次没急，反倒豁朗了。心里说：「原来人死了是这么回事，老子全明白了！」双手发力一推棺材盖，「哐啷」一响，他站了起来。

跟着,天津卫全知道大文混混儿刘道元死了。还知道他是半夜得暴病死的。于是刘家门外贴出讣告,家内设了灵堂,放棺材,摆牌位,还供上那支大名鼎鼎的判官笔,再请来和尚,吹吹打打,做斋七天。来吊唁的人真不少,门口排成长龙,好赛大年夜卞家开粥场。

刘道元藏在后院小屋里,有吃有喝,还有个盆,能够拉尿,倒蛮舒服。金三一直在前边盯着应酬,马四不时跑来向师傅送个消息。开头,刘道元很是得意。心想自己活着时威风八面,人"死"后一样神气十分。可是两天过后,一寻思,有点不对。那些给他打赢官司的大掌柜们,怎么一个没来?没名没姓的人倒是蜂拥而至。是不是来看热闹来的?这些人平时走过他家门口,连扭头朝里边瞥上一眼都不敢,此刻居然能登堂入室,把他这个大混混儿日常的活法,看个明白。马四说,头年里叫他一纸状子几乎倾家荡产的福顺成洋货店的贺老板,这次也来了。他大模大样走上灵堂,非但不行礼,却"呸"地把一口大黏痰留在地上。随后,任嘛稀奇古怪的事全来了。

做斋的第四天,一条大汉破门而入,居然还牵着一条狼狗进了灵堂,进门就骂:"姓刘的,你一死,借我那十条金,叫我找谁要去?你不还我钱,我就坐在这儿不起来。"他真的就坐在堂屋中央一动不动。占着地界儿,叫别人没法进来行礼。金三马四从来没见过这汉子,知道是找茬儿讹钱来的。上去连说带劝也没用,只好动手去拉,谁料这汉子劲儿奇大,一拳一个,把金三马四打得各一个元宝大翻身。金三马四都是文混混儿,下笔千斤,手中无力,拿他没辙,干瞪眼等着。直到后晌,他闹得没劲,才起身离去。临出门时说十天后要来收这几间屋子顶债。他牵来那只大狼狗一蹿,把摆在桌上用来施舍给孤魂野鬼的大白馒头叼走一个。

马四人实,把这些事全都照实说了。刘道元一听,火冒三丈,气得直叫:"哪个王八蛋敢来坑我!我刘道元跟谁借过钱?我不死啦!我看看这个王八蛋是谁!"这就要到前边去。

马四顶不住,赶紧把金三找来。金三说:"您一出去,还不是诈尸了?咱的戏可就没法往下演了。师傅您先压压火,一切都等着出完大殡再说。您不也正好能看看这些人都是嘛变的吗?"

金三最后这句话管用。眼瞧着刘道元的火下去了。自此,马四不再对师傅学舌前边的事。刘道元忍不住时,向他打听平时那些熟人们,哪个来哪个没来。马四明白,师傅心里问的是另一个文混混儿,大名叫一枝花。那家伙整天往他们这儿跑,跟刘道元称兄道弟,两人好得穿一条裤子,可是打刘道元一"死",他也跟死了一样,一面不露。马四哪敢把这情形对师傅说?马四愈不说,他心里愈明白。脸就愈拉愈长,好赛下巴上挂个秤砣。后来干脆眼一闭,不闻不问了,看上去真跟死人差不多。

这天下晌,院里忽有响动。不像是金三马四。侧耳朵再听,原来是邻居那个卖开水的乔二龙,还有他儿子狗子,翻过墙头,来到他的后院。隔窗只听狗子说:"爹,金三马四一来,咱再翻墙跑可就来不及了。"乔二龙说:"怕嘛?脓包!金三马四连苍蝇都打不死,你还怕他们。这刘家无后,东西没主,咱不拿别人也拿!跟我来——"

刘道元肺快气炸了。心想,我"活"着的时候给你们钱,你们拿我当爷爷;我"死"了就来抄我的家!你们还要干嘛?扒我的皮做拨浪鼓吗?

　　他想砸开门出去,但不行,不能为这两个狗操的把事坏了。心里一急,不知哪来的主意,竟装出一个女人腔,拿着嗓子细声尖叫:"快来人呀!有坏人呀!"这一喊,竟把乔家父子吓得赛两个瞎驴,连跑带蹿,噼里啪啦翻墙跑了。幸好的是,前边念经的和尚们鼓乐正欢,没听到他这边的叫声。可马四再来时,却见他一桌子吃的东西,全扔在地上了。

　　过了一七,总算没出太大差错,万事大吉。金三把供桌上的判官笔放进棺材。对人说这支判官笔必须给师傅陪葬;还说,这支笔是支金笔,华世奎那支笔只是支草笔,这支金笔只配他师傅一个人使。然后,他悄悄去请师傅,乘人不注意,赶紧入棺,起灵出殡。刘道元骂一句:"真他妈不知是活够了,还是死够了。"便一头钻进了棺材。

　　棺材里,金三给他一切准备得舒舒服服。盖是活的,想开就开;里边照旧有吃有喝,还有个枕头可以睡觉。他哪有空儿睡觉,好不容易"死"一次,也得"死"得再明白些。

　　棺材抬起,往灵车上摆放的时候,就听到金三和马四一左一右哭起来。金三灵,说哭就哭,声音就赛撕肝扯肺一般。刘道元想,还是金三好,马四这王八蛋连假哭也不会。可是金三的假哭却长不了,闹一会儿就没声了。这才听出马四这边也有哭声。马四来得慢,声音不大,可动了真格的,呜呜哭了一路,好赛死了亲爹。这没完没了的哭,反而扰得刘道元心烦,愈听愈丧气。刘道元已经弄不明白,到底是真的好还是假的好了。

　　走着走着,刘道元忽听,外边乱糟糟,声音挺大,好赛出了嘛事。跟着灵车也停住了。他心里奇怪,两手托住棺材盖,使劲举开一条缝,朝外一瞧,只见纸人纸马,纸车纸轿,黑白无常,银幡雪柳,白花花一片。街两旁却黑压压,站满瞧出殡的人。到底嘛事叫出殡的队伍停住了?他透过旗杆再一瞧,竟看见一些人伸拳伸腿挡在前面,原来是会友脚行的滕黑子那帮武混混儿。他心想这帮人平日跟他一向讲礼讲面,怎么也翻脸了,想干嘛?这时他突然瞧见,他那弟兄一枝花也站在那帮人中间。只听一枝花在叫喊着:"那支判官笔本来就该归我,他算个屁!死了还想把笔带走?没门!不交给我,甭想过去!"

刘道元的脑袋"轰"的一下——但这次没急,反倒豁朗了。心里说:"原来人死了是这么回事,老子全明白了!"双手发力一推棺材盖,"哐啷"一响,他站了起来。

这一下,不但把出殡的和看热闹的全吓得唧哇喊叫,连截道的那帮混混儿也四散而逃。

刘道元站在灵车上大笑不绝。

黑　头

这儿说的黑头，可不是戏曲里的行当，而是一条狗的名字。这狗不一般。

黑头是条好狗，但不是那种常说的舍命救主的忠犬、义犬，这是一条除了它再没第二的狗。

它刚打北大关一带街头那些野狗里出现时，还是个小崽子，太丑！一准是谁家母狗下了崽，嫌它难看，扔到这边来。扔狗都往远处扔，狗都认家，扔近了还得跑回来。

黑头是条菜狗——那模样，说它都怕脏了舌头！白底黑花，花也没样儿，像烂墨点子，东一块西一块；脑袋整个是黑的，黑得看不见眼睛，只一口白牙，中间耷拉出一小截红舌头。不光人见人嫌，野狗们也不搭理它。北大关挨着南运河，码头多，人多，商号饭铺多，土箱子里能吃的东西也多。野狗们单靠着在土箱子里刨食就饿不着。可这边的野狗个个凶，狗都护食，不叫黑头靠前。故而一年过去，它的个子不见长，细腿瘪肚，乌黑的脑袋还像拳头那么点儿。

北大关顶大的商号是隆昌海货店，专门营销海虾河蟹湖鱼

墨头和商大爷

肖像之来 紫丰

傍晚下班回家时，黑头不知嘛时候又出来了，又是一直跟着商大爷，不声不响送商大爷回家。一连三天，商大爷明白这小崽子的心思，回到家把院门一敞说：「进来吧，我养你了。」黑头就成了商家的一号了。

江鳖，远近驰名。店里一位老伙计商大爷，是个敦敦实实的老汉，打小在隆昌当学徒，后当伙计，干了一辈子，如今六十多岁，称得上这店里的元老，买卖水产的事儿比自家的事儿还明白。至于北大关这一带市面上的事，全都在他眼里。他见黑头皮包骨头，瘦得可怜，便时不时叫小伙计扔块鱼头给它。狗吃肉不吃鱼，尤其不吃生鱼，怕腥；但这小崽子却领商大爷的情，就是不吃也咬上几口，再朝商大爷叫两声，摇摇尾巴走去。这叫商大爷动了心。日子一久，有了交情，模样丑不丑也就不碍事了。

一天商大爷下班回家，这小崽子竟跟在他后边。商大爷家在侯家后，道儿不远，黑头一直跟着他，距离拉得不近不远，也不出声，直送他到家门口。

商大爷的家是个带院的两间瓦房。商大爷开门进去，扭头一看，黑头就蹲在门边的槐树下边一动不动瞧着他。商大爷没理它关门进屋。第二天一天没见它。傍晚下班回家时，黑头不知嘛时候又出来了，又是一直跟着商大爷，不声不响送商大爷回家。一连三天，商大爷明白这小崽子的心思，回到家把院门一敞说："进来吧，我养你了。"黑头就成了商家的一号①了。

邻居们有点纳闷，商大爷养狗总得养条好狗；领野狗养，也得挑一条顺眼的，干嘛把这么一个丑东西弄到家里？天天在眼皮子底下转来转去，受得了吗？

商大爷日子宽裕，很快把黑头喂了起来，个子长得飞快，一年成大狗，两年大得吓人，它那黑脑袋竟比小孩的脑袋还大，白牙更尖，红舌更长。它很少叫，商大爷明白，咬人的狗都不叫，所

---

① 一号：一员，天津方言。

以从不叫它出门,即便它不咬人,也怕它吓着人。

其实黑头很懂人事,它好像知道自己模样凶,决不出院门,也决不进房门,整天守在院门里房门外。每有客人来串门,它必趴下,把半张脸埋在前爪后边,不叫人看,怕叫人怕,耳朵却竖着,眼睛睁得挺圆,决不像那种好逞能的家犬,一来人就咋呼半天。可是一天半夜有个贼翻墙进院,它扑过去几下就把那贼制服。它一声没叫,那贼却疼得吓得唧哇乱喊。这叫商大爷知道它不是吃闲饭的;看家护院,非它莫属。

商大爷常说黑头这东西有报恩之心,很懂事,知道怎么"做事"。商大爷这种在老店里干了一辈子的人,讲礼讲面讲规矩讲分寸,这狗合他的性情,所以叫他喜欢。只要别人夸赞他的黑头,商大爷必眉开眼笑,好像人家夸他孩子。

可是,一次黑头惹了祸,而且是大祸。

那些天,商大爷家西边的厢房落架翻修,请一帮泥瓦匠和木工,搬砖运灰里里外外忙活。他家平时客人不多,偶尔来人串门多是熟人,大门向来都是闭着,从没这样大敞四开,而且进进出出全是生脸。黑头没见过场面,如临大敌,浑身的毛全竖起来。但又不能出头露面吓着人,便天天猫在东屋前,连盹儿也不敢打。七八天过去,老屋落架,刨槽下桩,砌砖垒墙,很快四面墙和房架立了起来。待到上梁那天,商大爷请人来在大梁上贴了符纸,拴上红绸,众人使力吆喝,把大梁抬上去摆正,跟着放一大挂雷子鞭,立时引来一群外边看热闹的孩子连喊带叫,拥了进来。

黑头以为出了事,突然腾身蹿跃出来,孩子们一见这黑头花身、张牙舞爪、凶神恶煞般的怪物,吓得转身就跑。外边的往里拥,里边的往外挤,门里门外砸成一团,跟着就听见孩子又叫又哭。

商大爷跑过去一瞧,一个邻居家的男孩儿被挤倒,脑袋撞上石头门墩,开了口子冒出血来。邻居家大人赶来一看不高兴了,迎面给商大爷来了两句:"使狗吓唬人——嘛人?"

商大爷是讲礼讲面的人,自己缺理,人家话不好听,也得受着。一边叫家里人陪着孩子去瞧大夫,一边回到院里安顿受了惊扰的修房的人。

这时,扭头一眼瞧见黑头,心火冒起,拾起一根竿子两步过去,给黑头狠狠一竿子,骂道:"畜生就是畜生,我一辈子和人好礼好面,你把我面子丢尽了!"

黑头挨了重重一击,本能地蹿起,龇牙大叫一声,那样子真凶。商大爷正在火头上,并不怕它,朝它怒吼:"干嘛!你还敢咬我?"

黑头站那儿没动,两眼直对商大爷看着,忽然转身夺门而去,一溜烟儿就跑没了。商大爷把竿子一扔说:"滚吧,打今儿别再回来,原本不就是条丧家犬吗?"

黑头真的没再回来。打白天到夜里,随后一天两天三天过去,影儿也不见。商大爷心里觉得好像缺点嘛,嘴里不说,却忍不住总到门外边张望一下。这畜生真的一去不回头了吗?

又过两天,西边的房顶已经铺好苇耙,开始上泥铺瓦。院门敞着,黑头忽然出现在门口。这时候,商大爷去隆昌上班了,工人都盯着手里的活,谁也没注意到它。

黑头两眼扫一下院子,看见中间有一堆和好的稀泥,突然它腿一使劲,朝那堆稀泥猛冲过去,"噗"地一头扎进泥里,用劲过猛,只剩下后腿和尾巴留在外边。这一切没人瞧见。

待商大爷下晌回来,工人收工时,有人发现这泥里毛糊糊的东西是嘛呢,拉出来一看,大惊失色,原来是黑头,早断了气,身子都有点发硬了。它怎么死在这儿,嘛时候死的,是邻居那家弄死后塞在这儿的吗?

大伙猜了半天说了半天,谁也说不清楚。半天没说话的商大爷的一句话,把这事说明白了:"我明白它,它比我还要面子,它这是自我了结。"随后又感慨地说,"唉,死还是要死在自己家里。"

神医王十二

　　天津卫是码头。码头的地面疙疙瘩瘩可不好站，站上去，还得立得住，靠嘛呢——能耐？一般能耐也立不住，得看你有没有非常人所能的绝活儿。换句话说，凡是在天津站住脚的，不管哪行哪业，全得有一手非凡的绝活，比方瞧病治病的神医王十二。

　　要说那种"妙手回春"的名医，城里城外一拣一筐，可这只是名医而已，王十二人家是神医。神医名医，一天一地。神在哪儿，就是你身上出了毛病，急病，急得要死要活，别人没法儿，他有法儿，而且那法儿可不是原先就有的，是他灵光一闪，急中生智，信手拈来，手到病除。

　　王十二这种故事多着呢，这儿不多说，只说两段。一段在租界小白楼，一段在老城西马路。先说租界这一段。

　　这天王十二在开封道上走，忽听有人尖叫。一瞧，一个在道边套烟筒的铁匠两手捂着左半边脸，痛得大喊大叫。王十二急步过去问他出了嘛事，这铁匠说："铁渣子崩进眼睛里了，我要瞎了！"王十二说："别拿手揉，愈揉扎得愈深，你手拿开，睁开眼叫我瞧瞧。"铁匠松开手，勉强睁开眼，一小块黑黑的铁渣子扎

人们扭头一瞧，只见不远处一个小老头朝这边跑来。这小老头光脑袋，灰夹袍，腿脚极快。有人认出是神医王十二，便说：『有救了。』

在眼球子上，冒泪又流血。

王十二抬起头往两边一瞧，这条街全是各样的洋货店，王十二喜好洋人新鲜的玩意儿，常来逛。他忽然目光一闪，也是灵光一闪，只听他朝着铁匠大声说："两手别去碰眼睛，我马上给你弄出来！"扭身就朝一家洋货店跑去。

王十二进了一家洋货店的店门，伸出右手就把挂在墙上一样东西摘下来，顺手将左手拿着的出诊用的绿绸包往柜台上一撂，说："我拿这包做押，借你这玩意儿用用，用完马上还你！"话没说完，人已夺门而出。

王十二跑回铁匠跟前说："把眼睁大！"铁匠使劲一睁眼，王十二也没碰他，只听"叮"的一声，这声音极轻微也极清楚，跟着听王十二说："出来了，没事了。你眨眨眼，还疼不疼？"铁匠眨眨眼，居然一点不疼了，跟好人一样。再瞧，王十二捏着一块又小又尖的铁渣子举到他面前，就是刚在他眼里那块要命的东西！不等他谢，王十二已经转身回到那洋货店，跟着再转身出来，胳肢窝夹着那个出诊用的绿绸包朝着街东头走了。铁匠朝他喊："您用嘛法给我治好的？我得给您磕头啊！"王十二头也没回，只举起手摇了摇。

铁匠纳闷，到洋货店里打听。店员指着墙上边一件东西说："我们也不知道是怎么回事，他就说借这东西用用，不会儿就送回来了。"

铁匠抬头看，墙上挂着这东西像块马蹄铁，可是很薄，看上去挺讲究，光亮溜滑，中段涂着红漆；再看，上边没钉子眼儿，不是马蹄铁。铁匠愈瞧愈不明白，问店员道："洋人就使它治眼？"

店员说："还没有听说它能治眼！这是个能吸铁的物件，洋人叫吸铁石。"店员说着从墙上把这东西摘下来，吸一吸桌上乱七八糟的铁物件——铁盒、铁夹子、钉子、钥匙，还有一个铁丝眼镜框子，竟然全都叫它吸在上边，好赛有魔法。铁匠头次看见这东西——见傻。

原来王十二使它把铁匠眼里的铁渣子吸下来的。

可是，刚刚那会儿，王十二怎么忽然想起用它来了？

神不神？神医吧！再一段更神。

这段事在老城西那边，也在街上。

那天一辆运菜的马车的马突然惊了，横冲直撞在街上狂奔，马夫吃喝拉缰都弄不住，街两边的人吓得往两边跑，有胡同的地方往胡同里钻，没胡同的往树后边躲，连树也没有的地方就往墙根扎。马奔到街口，迎面过来一位红脸大汉，敞着怀，露出滚圆锃亮的肚皮，一排黑胸毛，赛一条大蜈蚣趴在当胸。有人朝他喊："快躲开，马惊了！"

谁料这大汉大叫："有种往你爷爷胸口上撞！"看样子这汉子喝高了。

马夫急得在车上喊："要死人啦！"

跟着，一声巨响，像撞倒一面墙，把大汉撞飞出去，硬摔在街边的墙上，紧紧趴在墙上边。马车接着往前奔去，大汉虽然没死，却趴在墙上下不来了，他两手用力撑墙，人一动不动，难道叫嘛东西把他钉在墙上了？

人们上去一瞧，原来肋叉子撞断，断了的肋条穿皮而出，正巧插进砖缝，撞劲太大，插得太深，拔不出来。大汉痛得急得大喊大叫。

一个人嚷着："你再使劲拔，肚子里的中气散了，人就完啦！"

另一个人叫着："不能使劲，肋叉子掰断了，人就残了！"

谁也没碰过这事，谁也没法儿。

大汉叫着："快救我呀，我这个王八蛋要死在这儿啦！"声音大得震耳朵。有几个人撸袖子要上去拽他。

这时，就听不远处有人叫一声："别动，我来。"

人们扭头一瞧，只见不远处一个小老头朝这边跑来。这小老头光脑袋，灰夹袍，腿脚极快。有人认出是神医王十二，便说："有救了。"

只见王十二先往左边，两步到一个剃头摊前，把手里那出诊用的小绿绸包往剃头匠手里一塞说："先押给你。"顺手从剃头摊的架子上摘下一块白毛巾，又在旁边烧热水的铜盆里一浸一捞，便径直往大汉这边跑来。他手脚麻利，这几下都没耽误工夫，手里的白手巾一路滴着水儿，冒着热气儿。

王十二跑到大汉身前，左手从后边搂大汉的腰，右手把滚烫的湿手巾往大汉脸上一捂，连鼻子带嘴紧紧捂住，大汉给憋得大叫，使劲挣，王十二死死搂着捂着，就是不肯放手。大汉肯定脏话连天，听上去却呜呜的赛猪嚎。只见大汉憋得红头涨脸，身子里边的气没法从鼻子和嘴巴出来，胸膛就鼓起来，愈鼓愈大，大得吓人，只听"砰"的一声，钉在墙缝里的肋叉子自己退了出来。王十二手一松，大汉的劲也松了，浑身一软，坐在地上，出了一声："老子活了。"

王十二说："赶紧送他瞧大夫去接骨头吧。"转身去把白手巾还给剃头匠，取回自己那出诊用的绿绸包走了，好赛嘛事没有过。

　　在场的人全看得目瞪口呆。只一位老人看出门道，他说："王十二爷这法儿，是用这汉子自己身上的劲把肋条从墙缝里抽出来的。外人的劲是拗着自己的，自己的劲都是顺着自己的。"这老人寻思一下又说，"可是除去他，谁还能想出这法子来？"

　　人想不到的只有神，所以天津人称他神医王十二。

皮 大 嘴

　　一个地界富不富看哪儿？看吃看穿看玩看乐？那都是浮头表面的，要看还得看钱号票庄银楼金店是多是少——顶要紧的是看金店。那些去银行钱号存钱的人未必富，真正的富人是有钱花不了。钱太多了怎么办，存起来藏起来是傻瓜，想一想——要给小偷偷了呢？家里着火烧了呢？受潮烂了呢？虫蛀鼠咬了呢？市面不景气钱毛了呢？顶好的法子还是买金子。金子烂不了，啃不动，烧不坏，金子永远是金子，金子比钱值钱。

　　买金子的人多金店就多。天津卫金店多，所以天津卫富。

　　可是，开金店的谁不想当头一号，彼此必有一争，于是八仙过海，各显奇能；群英打擂，各出奇招。

　　北门里的义涌金店先出高招，迎大厅摆一个菜篮子大的鎏金元宝，上边刻六个隶书大字"摸元宝，运气好"，引得人们不买金子也要进门去摸一下，沾沾财气运气。做买卖要的就是人气儿，人多火爆，义涌出了名。可是天天不停地摸来摸去，就把上边挺薄的一层鎏金摸掉，露出里边的黄铜。铜一出来，就没人摸了。就像过时的名人，名来得快去得也快，去了就不再来，那滋

天津有位说相声的叫皮大嘴,单看模样就可乐。个子高又瘦,手小脚小脑瓜小,圆圆小脑袋像杆子上挂的小灯笼,更怪的是——嘴大。他脑袋小嘴大,远看只剩下一张嘴了,所以绰号皮大嘴。

味反不如没名。

没多久，宫北的宝成金店出了一招，就来得实惠。你到它店里买金条，它送你一副真金的眼镜架，这比摸元宝强，摸是空的，金眼镜架不空，金光闪闪架在脸上，挺气派，有身份。可是人家宝成金店的眼镜架不是白送的，谁想要金眼镜架谁就得买金条，真正得实惠的还是人家金店老板，这叫"买的不如卖的精"。但这一招很快被日租界的物华楼学去。你送金眼镜架，我送大金牙。物华楼金店还请来一位牙医在柜台前给买金子的"没牙佬"镶金牙。那时镶金牙时髦，有人为了来镶金牙先拔个牙，这种人愈来愈多也麻烦，物华楼金店快成牙店了，店里边到处张嘴龇牙，等着拔牙镶牙；甭说好看不好看，气味也不好闻呵。

更有奇招的是马家口的三义金店，店铺设在租界里，老板脑子活，好新鲜事，常打洋人那里学些洋招。他看出洋人广告的厉害，花钱不多，能做到无人不知无人不晓。他便在租界找人画了一张时髦的广告纸，再找一位肚子里有墨水的先生给他写了一段赛绕口令的广告词："存地存房子，不如存金子，哪儿金子纯，三义纯金子。"再把这广告纸拿到富华石印局里印了三千张，然后叫伙计们用上十天工夫打租界一直贴到北大关，跟着城里城外河东水西宫南宫北，墙头门柱灯杆树干车皮轿厢，就像光绪二十六年义和拳的揭帖，贴满天津城，在哪儿都能瞧见。可是广告不能总贴，五天旧了，十天破了，半个月晒掉色了，一阵雨不像样了，一阵风刮跑了。这招还是没奇到家。

天津有位说相声的叫皮大嘴，单看模样就可乐。个子高又瘦，手小脚小脑瓜小。圆圆小脑袋像杆子上挂的小灯笼，更怪的是——嘴大。他脑袋小嘴大，远看只剩下一张嘴了，所以绰号皮大嘴。

皮大嘴能说，死人能说活，张口就来，随处"现挂"，妙趣横生，很早就在三不管一带说单口相声出了名。能说的人都能编，凡是皮大嘴编的说的故事，都能口口相传。原本天津相声一行挺看好他，谁料他天天想发财。天津卫财主多，他看得眼馋。开头，他赚钱的法子是一边说相声一边卖药糖，说一段相声卖一会儿糖；嘴里嚼糖耳朵听相声，两不耽误挺舒服，单用这法儿他就赚不少钱。后来变了法子，说一段相声卖一会儿从租界弄来的洋凳子。洋凳子不单新奇好玩，还松松软软像个猪屁股，坐在凳子上听相声，舒服还有乐子，听完相声就忍不住把洋凳子买走了。皮大嘴脑袋灵活，脑子愈灵的人愈好做买卖。逢到雨天卖洋伞，遇到晴天卖太阳帽。那时候只要是洋货就有人买，他手里渐渐也就有了钱。有了钱，开饭店，饭店赚现钱。吃饭的人一半来吃一半听他说。凭皮大嘴的嘴加上他的脑袋，怎么干怎么来钱。三年过后，他居然在东北角干起一家金店。这时候，天津卫已经有九九八十一家金店，各家金店为了争头抢先，连吃奶的劲儿都使出来了，他能一炮打响？

皮大嘴在装潢店面时，就使出了一招绝的，叫作"金满堂"。据说他这店从里到外全是金的。从门把、门锁、门链、灯罩、拉手、栏杆、挂钩、算盘、笔杆、花盆，到茅厕里的水龙头、脸盆，连往里边拉屎撒尿的圆圆的洋便桶全是金的。有人说不是纯金是鎏金，可这些金光闪闪的东西全都鎏金也够惊人吓人。

皮大嘴给他的金店起的名字，就是金满堂。金满堂，满堂金。金店没开门，已经是隔着大门吹号——名声在外。有人信，有人摇头不信。

开张这天,门外挂灯悬彩,院子里摆宴,皮大嘴穿一身新,格外精神;还打租界请来洋乐队,洋鼓洋号,折腾得热热闹闹。那圆圆的亮晃晃的大洋号叫得震人耳朵。

宾客来得比请的多,人人都想看看皮大嘴的"金满堂"是假是真。结果出个笑话:

估衣街上一个绸缎庄的小老板前去祝贺,心里头却是想摸摸"金满堂"的虚实,到了金楼里里外外一看,傻了,真是哪儿哪儿全是金煌煌,照花了眼,也开了眼。中晌吃饭时,凑到一些熟人堆里一闹一喝,愈闹愈喝,喝得头晕脑涨,脸皮发烧,晃晃悠悠到茅厕里,朝着金马桶里撒泡热尿,出门叫个胶皮车拉他回家。回去进门倒下死了一般睡一大觉,直到转天太阳晒屁股才睁开眼。他老婆问:"昨儿个你见到'金满堂'了吗?是真的吗?"

小老板说:"一点不假!哪儿哪儿全是金子做的,那个洋马桶也是金子做的,我还往里边撒了一泡尿呢!"

他老婆说:"你往金子里尿尿?我不信。"

小老板说:"不信你自个儿去看去问。"

事后,他老婆还是疑惑,愈疑惑愈不信,就拔腿跑到东北角的"金满堂"一看,门把果真是金的;推门再看,到处金光照眼。她问店里的小伙计:"我当家的说你们店里茅厕的马桶也是金的。我说他唬我,他说他还往里边撒一大泡尿呢!"

这小伙计一听一怔,瞪大眼看她半天,然后扭身跑去对老板皮大嘴说:"掌柜的,昨天中晌往洋乐队那个大洋号里尿尿的人,我知道是谁了。"

这事谁听了都一阵大笑。

这笑话传出去,不胫而走,口口相传,人人知道人人说。这一说,不管是褒是贬,全天津没人不知"金满堂"了。笑话帮了皮大嘴的忙。

可是圈里的人都能听出这笑话是皮大嘴自己编的。这哪是笑话,纯粹是个相声段子。有铺垫,有包袱,出其不意,还逗乐,这便不得不佩服皮大嘴,编个段子,借众人的嘴,给自己扬了大名,肯定还得发财。

黄 金 指

黄金指这人有能耐,可是小肚鸡肠,容不得别人更强。你要比他强,他就想着法儿治你,而且想尽法子把你弄败弄死。

这种人在旁的地方兴许能成,可到了天津码头上就得栽跟斗了。码头藏龙卧虎,能人如林,能人背后有能人,再后边还有更能的人,你知道自己能碰上嘛人?

黄金指是白将军家打南边请来帮闲的清客。先不说黄金指,先说白将军——

白将军是武夫,官至少将。可是官做大了,就能看出官场的险恶。解甲之后,选中天津的租界作为安身之处;洋楼里有水有电舒舒服服,又是洋人的天下,地方官府管不到,可以平安无事,这便举家搬来。

白将军手里钱多,却酒色赌一样不沾,只好一样——书画。那年头,人要有钱有势,就一准有人捧。你唱几嗓子戏,他们说你是余叔岩;你写几笔烂字儿,他们称你是华世奎,甚至说华世奎未必如你。于是,白将军就扎进字画退不出身来。经人介绍,结识了一位岭南画家黄金指。

黄金指大名没人问，人家盯着的是他的手指头。因为他作画不用毛笔，用手指头。那时天津人还没人用手指头画画。手指头像个肉棍儿，没毛，怎么画？

黄金指大名没人问,人家盯着的是他的手指头。因为他作画不用毛笔,用手指头。那时天津人还没人用手指头画画。手指头像个肉棍儿,没毛,怎么画?人家照样画山画水画花画叶画鸟画马画人画脸画眼画眉画樱桃小口一点点。这种指头画,看画画比看画更好看。白将军叫他在府中住了下来,做了有吃有喝、悠闲享福的清客,还赐给他一个绰号叫"金指"。这绰名令他得意,他姓黄,连起来就更中听:黄金指。从此,你不叫他黄金指,他不理你。

一天,白将军说:"听说天津画画的,也有奇人。"

黄金指说:"我听说天津人画寿桃,是脱下裤子,用屁股蘸色坐的。"

白将军只当笑话而已。可是码头上耳朵连着嘴,嘴连着耳朵。三天内这话传遍津门画坛。不久,有人就把话带到白将军这边,说天津画家要跟这位使"爪子"画画的黄金指会会。白将军笑道:"以文会友呵,找一天到我这里来画画。"跟着派人邀请津门画坛名家。一请便知天津能人太多,还都端着架子,不那么好请。最后应邀的只有二位,还都不是本人。一位是一线赵的徒弟钱二爷;一位是自封黄二南徒弟的唐四爷,据说黄二南先生根本不认识他。

钱二爷的本事是画中必有一条一丈二的长线,而且是一笔画出,均匀流畅,状似游丝;唐四爷的能耐是不用毛笔也不用手作画,而是用舌头画。这功夫是津门黄二南先生开创的。

黄金指一听就傻了,再一想头冒冷汗。人家一根线一丈多长,自己的指头决干不成;舌头画连听也没听过,只要画得好,指头算嘛?

正道干不成，只有想邪道。他先派人打听这两位怎么画，使嘛法嘛招，然后再想出诡秘的招数叫他们当众出丑，破掉他们。很快他就摸清钱唐二人底细，针锋相对，想出奇招，又阴又损，一使必胜。黄金指真不是寻常之辈。

白府以文会友这天，好赛做寿，请来好大一帮宾客，个个有头有脸。大厅中央放一张奇大画案，足有两丈长，文房四宝，件件讲究又值钱。待钱唐二位到，先坐下来饮茶闲说一阵，便起身来到案前准备作画，那阵势好比打擂台，比高低，分雌雄，决生死。

画案已铺好一张丈二匹的夹宣，这次画画预备家伙材料的事，都由黄金指一手操办。看这阵势，明明白白是想先叫钱唐露丑，自己再上场一显身手。

钱二爷一看丈二匹，就明白是叫自己开笔，也不客气走到案前。钱二爷人瘦臂长，先张开细白手掌把纸从左到右轻轻摩摸一遍，画他这种细线就怕桌子不平纸不平。哪儿不平整，心里要有数。这习惯是黄金指没料到的。钱二爷一摸，心里就咯噔一下。知道黄金指做了手脚，布下陷阱，一丈多长的纸下至少三处放了石子儿。石子儿虽然有绿豆大小，笔墨一碰就一个疙瘩，必出败笔。他嘴没吭声，面无表情，却都记在心里，只是不叫黄金指知道他已摸出埋伏。

钱二爷这种长线都是先在画纸的两端各画一物，然后以线相连。比方这头画一个童子，那头画一个元宝车，中间再画一根拉车的绳线，便是《童子送宝》；这头画一个举着鱼竿的渔翁，那头画一条出水的大红鲤鱼，中间画一根光溜溜的鱼线牵着，就是

《年年有余》。今天，钱二爷先使大笔在这头下角画一个扬手举着风车的孩童，那头上角画一只飘飞的风筝，若是再画一条风中的长线，便是《春风得意》了。

只见钱二爷在笔筒中摘支长锋羊毫，在砚台里浸足墨，长吸一口气，存在丹田，然后笔落纸上，先在孩童手里的风车上绕几圈，跟着吐出线条，线随笔走，笔随人走，人一步步从左向右，线条乘风而起，既画了风中的线，也画了线上的风；围看的人都屏住气，生怕扰了钱二爷出神入化的线条。这纸下边的小石子在哪儿，也全在钱二爷心里，钱二爷并没叫手中飘飘忽忽的线绕过去，而是每到纸下埋伏石子儿的地方，则再提气提笔，顺顺当当不出半点磕绊，不露一丝痕迹，直把手里这根细线送到风筝上，才收住笔，换一口气说："献丑了。"立即赢得满堂彩。钱二爷拱手谢答，却没忘了扭头对黄金指说："待会儿，您使您那根金指头也给大伙画根线怎样？"

黄金指没答话，好似已经输了一半，只说："等着唐四爷画完再说再说。"脸上却隐隐透出点杀气来。他心里对弄垮使舌头画画的唐四爷更有根。

黄金指叫人把钱二爷的《春风得意》撤下，换上一张八尺生宣。

舌画一艺，天津无人不知，可租界里外边来的人，头次见到。胖胖的唐四爷脸皮亮脑门亮眼睛更亮，他把小半碗淡墨像喝汤喝进嘴里，伸出红红舌头一舔砚心的浓墨，俯下身子，整张脸快贴在纸上，吐舌一舔纸面，一个圆圆梅花瓣留在纸上，有浓有淡，鲜活滋润，舔五下，一朵小梅花绽放于纸上；只见他，小红舌尖一闪一闪,朵朵梅花在纸上到处开放,甭说这些看客,就是黄金指也呆了。白将军禁不住叫出声:"神了!"这两字叫黄金指差点头撅过去。他只盼自己的绝招快快显灵。

唐四爷画得来劲,可愈画愈觉得墨汁里的味道不对,正想着,又觉味道不在嘴里,在鼻子里。画舌画,弯腰伏胸,口中含墨,吸气全靠鼻子,时间一长,喘气就愈得用力,他嗅出这气味是胡椒味;他眼睛又离着纸近,已经看见纸上有些白色的末末——白胡椒面。他马上明白有人算计他,赶紧把嘴里含的墨水吞进肚里,刚一直身,鼻子眼里奇痒,赛一堆小虫子在爬,他心想不好,想忍已经忍不住了,跟着一个喷嚏打出来,霎时间,喷出不少墨点子,"哗"地落了下来,糟蹋了一张纸一幅画。眼瞧着这是一场败局和闹剧。黄金指心里开花了。

众人惊呆。可是只有唐四爷一人若无其事,他端起一碗清水,把嘴里的墨漱干净吐了,再饮一口清水,像雾一样喷出口中,细细淋在纸上,跟着满纸的墨点渐渐变浅,慢慢洇开,好赛满纸的花儿一点点张开。唐四爷又在碟中慢慢调了一些半浓半淡的墨,伸舌蘸墨,俯下腰脊,扭动上身,移动下身,在纸上画出纵横穿插、错落有致的枝干,一株繁花满树的老梅跃然纸上。众人叫好一片,更妙的是唐四爷最后题在画上的诗,借用的正是元代王冕那首梅花诗:

> 吾家洗砚池头树,
> 朵朵花开淡墨痕。
> 不要人夸好颜色,
> 只留清气满乾坤。

白将军欣喜若狂说:"唐四爷,刚才您这喷嚏吓死我了。没想到这张画就是用喷嚏打出来的。"

唐四爷微笑道:"这喷嚏在舌画中就是泼墨。"

白将军听过"泼墨"这词,连连称绝,扭头再找黄金指,早没影儿了。

从此,白府里再见不到黄金指,却换了二位清客,就是这一瘦一胖一高一矮——钱唐二位了。

四十八样

　　天津人灵,把药材弄到糖里,好吃又治病,这糖叫作药糖。
　　药糖在清末民初时流行起来,传到北京,广受欢迎。买卖二字,一因一果,有人吃就有人做,有人买就有人卖。于是,津京两地冒出了不少能人干这事,一是想出法儿来把各种草药弄进糖里,各色各味好看好吃的药糖愈来愈多;一是在"卖"上边想尽花活,或用说功唱功,或使江湖杂艺,为的是招人迎人取悦于人,叫人高高兴兴掏钱把药糖撂到嘴里。
　　天津人和北京人不同,卖药糖的法儿也不同。北京是官场,人们心里边全是大大小小的官儿,喜欢官场的是是非非。故此,在天桥卖药糖的"大兵黄"最招人的一手是骂官。站在那儿,破口大骂,从段祺瑞到张勋再到袁世凯,哪个官大骂哪个,别人不敢骂的他敢骂。他的糖自然卖得好。
　　天津是市井,百姓心里边就是生活——吃喝玩乐,好吃好喝好玩和有乐子的事都喜欢,还爱看绝活,这卖药糖的本事就五花八门了。有说段子的,有说快板的,有变戏法的,有献演武功杂耍车技打弹弓子的,连吆喝起来都有腔有调一套一套。

鼓楼前有个卖药糖的叫俞六，宝坻县人，脑瓜好使，两只手特别能干。他和别人不一样，他的功夫不在"卖"上，都在"糖"里边。他在家门口摆摊卖药糖，不说不唱不吆喝，就在一个桌上摆几排长长的带木框的玻璃盒子，中间隔开，每格里边一种糖，上边是镶玻璃的盒盖，隔着透明的盒盖看得见各色的药糖；你买哪样，他就掀开哪个盒盖，使镊子夹出几块，放进纸兜给你，没有花样，不会哄人高兴；可是他的糖好——色艳，味厚，有模有样，味道各异；不单有各种药材如茶膏、丹桂、鲜姜、红花、玫瑰、豆蔻、橘皮、砂仁、莲子、辣杏仁、薄荷，还把好吃的水果也掺和进去，比方鸭梨、桃子、李子、柿子、枇杷、香蕉、樱桃、酸梅、酸枣、西瓜等等。可是做买卖单靠真材实料不行，还得会卖。虽说他的药糖样儿最多，最全，总共四十八样，可是只摆在自家门口，这城里城外能有几个人知道？一提天津卫卖药糖的，第一王宝山，第二李傻子，第三连化清，一直往下数到大沽口，也瞧不见俞六的影子。

他的一个街坊刘二爷是位老到的人，读过书没当过官，做买卖赚点钱，早早收手在家坐享清福，一天碰到俞六便说："你会做糖却不会卖糖。你不能总守在家门口摆摊呀。"

俞六说："我也想走街串巷，可我嘴笨，说说唱唱全不会，也没别的功夫招人喜欢。"

刘二爷说："人家有的，你未必再有，学人家就不是绝活了。你不是本地人不知道，天津人认绝活，服绝活。"

俞六说："可这绝活哪找去？"

刘二爷说："没处找。绝活一是琢磨出来的，二是练出来的。"

院中间放一个挑儿，一根扁担，两个桶柜，柜子上是一圈放药糖的小方盒，每个盒里一种糖。盒上边有个盖儿，带合页，可以掀；这一圈小盒总共二十四个，两个桶柜正好四十八样。

"咋学咋练？"俞六还没全明白。

刘二爷笑道："要我说，琢磨——你就得琢磨使嘛新鲜玩意儿把你这四十八样亮出来；练——你就得琢磨使嘛法子招人来买。比方，你能不能不使镊子，天津卫卖药糖的手里全捏着这么个东西。"

俞六不是木头疙瘩。这两句话点石成金。没多久，俞六把刘二爷请到家喝杯茶，吃几块药糖，然后领刘二爷到后院一看，刘二爷立马眼前一亮。院中间放一个挑儿，一根扁担，两个桶柜，柜子上是一圈放药糖的小方盒，每个盒里一种糖。盒上边有个盖儿，带合叶，可以掀；这一圈小盒总共二十四个，两个桶柜正好四十八样。

桶柜的捯饬前所未见。提梁上边各雕一个龙头，龙面相向，瞪眼龇牙，横梁正中一个锃亮的金珠，这叫二龙戏珠。龙头上还伸出两根弹簧，拴着红绒球，为的是挑起来一走，绒球就随着脚步一颠一颠。不知俞六从哪儿请来一位好漆工，把桶柜漆得油黑锃亮，上边使金漆写着"俞家药糖，四十八样"八个大字。每个糖盒的玻璃盖上还全用红漆写上糖名，玻璃盖下的药糖五颜六色。这样的药糖柜在街上一晃，保管全震！刘二爷看得高兴，夸赞道："好赛从宫里挑出来的。"

跟着俞六演了一手"卖糖"把式。他左手拿个纸兜，右手的大拇指和食指捏个小铜勺——他可真不用镊子了。上去，绕着两个桶柜各转一圈，顺手用右手的无名指一挑盒盖，小铜勺就从盒里舀出一块糖到纸兜里；挑盒盖麻利无比，舀药糖灵巧之极，比得上变戏法的"快手刘"的小碗扣球。单看这"卖法"，不吃糖，花点钱也值了。

刘二爷从中看得出俞六的用心与练功之苦，高兴地说："行了，你可以出山了，四十八样要成名了。"

第二天，俞六挑这挑子走出家门，城里城外，河东水西，宫南宫北，九个租界一转，立时名满津门。他还制了一身好行头，青裤白褂，皂鞋净袜；他挑着这对天下独有的花桶，一走一颤行在街头，还有洋人拿照相盒子给他照相呢。

可俞六没神气多久，就听说河东出现一个担挑卖药糖的，也用两个龙头漆桶，也叫"四十八样"。这一来，他的四十八样可就算不上独门绝技了。他心里发急，去找刘二爷请教。刘二爷说："你不学人，可挡不住别人学你，你得叫人想学学不去，那才叫绝活。"

三个月后俞六亮出一个新把式，叫走八字。原先他从柜桶取糖时，右手拿勺，人总往里怀转，不好看；现在他改成走八字，从一个桶左面绕过去，再从另一个桶右面绕回来，桶和人位置一变，两只手的家伙跟手就换，就像皇会里茶炊子的换肩。这一改，走八字，两手换"活儿"，把式出了花样，别忘了——还能吃到他俞六四十八样色鲜味正的药糖呢！这点钱谁不想花？

可不久，听说又有人开始练这走八字的把式了。俞六憋了几个晚上，再想出一招，就在每个桶中间加几个糖盒，里边全是半块的糖。他想在四十八样外再奉送半块，这半块由买主自选，人家要哪样，他就上去一掀一舀取出哪样。

他拿着这个新主意去请教刘二爷。

刘二爷听了笑哈哈，说道："你这法子早晚还得给人学去。我送你一个法子吧。"说完，给他用纸写了几句词，递给俞六说："你也不用唱，只要背下来，走着八字时把它踩着点儿念出来就行了。"

俞六一看,是六句:

　　天津药糖家家好
　　四十八样数第一
　　一色一味块块香
　　再饶半块随您意
　　俞家能耐不传女
　　谁我儿子谁学艺

俞六不是天津人,不懂天津人这几句嘎话里,有打趣逗笑,也暗含着骂人,挺厉害。他心里有点疑惑。刘二爷看了出来,说:"放心去用,不会再有人敢招你了。"

俞六说:"您开头就帮我,已经多回了。这次成了,我管您一辈子药糖。"

第二天俞六卖糖走八字时,便把刘二爷这六句念一遍,一回生,二回熟,熟能生巧,渐渐跟上步点,走起来挺好看,像徐策跑城。买糖的人围观的人听了都笑,有人说:"听你这几句,谁再敢偷艺谁就是你儿子了。"旁观的人都跟着笑。

俞六才明白这一招把他的绝活立住了。更明白天津人说话的妙处——既厉害又幽默,既幽默又厉害。单厉害不受听,单幽默不给劲。自今而后,果然再没有人学他。他感激刘二爷,天天给刘二爷送糖,一天六块,一天换一样,八天一轮,正好四十八样。多少年来一直送下去。

俞六有妻无子,他的手艺绝活后继无人。可到他死后,刘二爷还活着,人说刘二爷长寿,就是因为长年吃俞六的药糖。

马 二

真的不难,以假乱真才难。比方人家马连良张嘴一唱,当然就是马连良唱,难吗?可要是你唱,让人听了说是马连良在唱,那就难死了。所以天津人最服的是以假乱真。称呼这种人时,不提"以假",只夸他"乱真"。乱真是种大能耐。

民国年间天津老城这边出了位能乱真的能人,叫马二。马二的爹是赶脚行出身,在运河边有自己的水陆码头,脚夫上百号,有了钱便折腾南货,赚了钱发了财,这便在老城租界两边都买了宅子,开了铺子,上上下下都有人脉。可是,天津卫脑袋一个比一个大,后戳一个比一个硬,若是不小心得罪了更厉害的人,一定会遭人算计,弄得家败。马二他爹就是从这个坡上栽下来的,这就不多说了,只说马二。

马二打小娇生惯养任嘛能耐没有,可是破家值万贯,用不着去做苦力,整天闲玩闲逛,出酒馆进茶馆,游手好闲。人没大聪明,但有小聪明,最大的本事是学谁像谁。从市长、要人、富贾、名流,至少七八位都给马二学得活灵活现,尤其再配上这些名人要人一两个段子,一走一站一笑一招手一龇牙,学谁像谁学谁是谁,能够乱真。乱真这玩意儿是种笑料,乱到妙处,保你笑得下气儿接不到上气儿来,比常连安①还逗乐儿。

马二学得最像的人,是租界那边一位管教育的官员管四爷。马二和管四爷除去脸蛋刷白有点像,别的都不像。管四爷是位正经八百的政府要员,马二游手好闲;管四爷出门有车,马二离不开自己的两条腿;管四爷油头粉面,马二灰头土脸;管四爷格格正正一身制服,马二从来没扣齐过褂子上的扣子;管四爷咳嗽的时候拿西洋手绢捂嘴,马二咳嗽的时候往地上吐黏痰。可是别看这样,他要学起管四爷——乱真!

马二常往租界去,管四爷是出头露面的人,见他不难。老城这边的一般人不常去租界,至少一半人没见过管四爷,不管他学得像几成,只是觉得他学得好玩罢了。可是一次管四爷来到城北边的总商会做"文明讲演",不少人跑去看,大吃一惊,马二绝了!事后再看马二一学,更吃一惊,马二真是太绝了!

从此,马二扬名老城。人们见他干脆就戏称他"管四爷"。马二聪明,他知道要人名人都不好惹,不管人怎么称呼他,他却从来不说自己是管四爷。

这一来,在天津世面上,他也算一号。到哪儿都受欢迎,都爱看他乱真的能耐。

天津是商埠,事事都能找出机会找到好处。自打马二乱真成名,时不时有人请他吃餐赴宴,有的人根本不认得管四爷,请他去就是为了逗逗乐,给饭局助兴。他也不在乎,反正白吃白喝,省钱就是赚钱。这一来,连人家娶媳妇、儿子百日宴、老人做

---

① 常连安(1899—1966),相声大师,擅长单口相声。

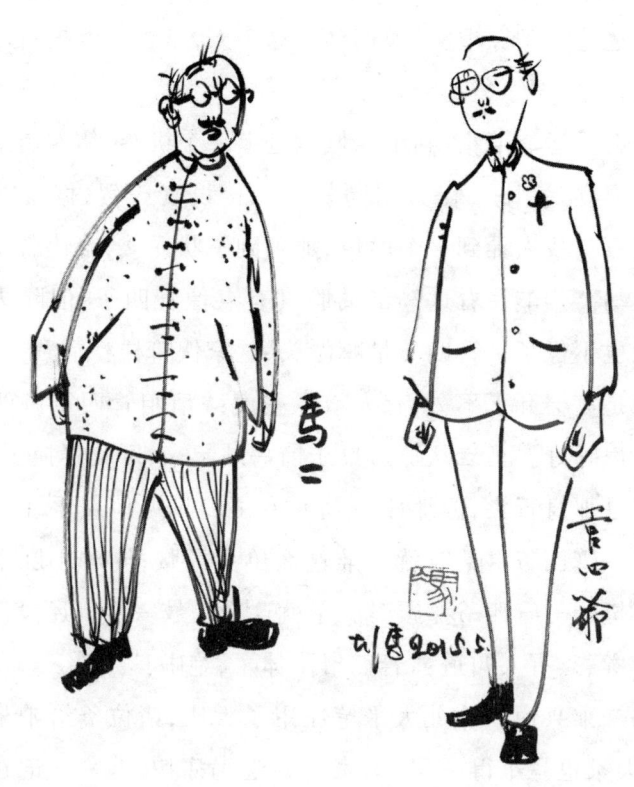

马二那边连吃带喝,说说笑笑,举手投足,活活一个管四爷,引得同桌和邻桌众宾客阵阵大笑。葛石头非但瞧不出破绽,反倒觉得他愈来愈入化境。到了后来,马二有点醉了,连摇身晃脑都像,已经难瞧出是在「学」管四爷了,就像每次教育局请客管四爷坐在那边吃吃喝喝的样子。

寿和买卖开张,也给他送帖子了。

天津不大,老城这边马二的事儿,渐渐就传到租界那边管四爷的耳朵里。管四爷不是凡辈,表面不作声,暗中派随从葛石头到老城这边来刺探虚实,摸摸马二这个人,是否真能把自己学成另一个自己。

葛石头运气不错,到了老城就赶上一个机会,估衣街上的太平笔庄成立一甲子,在大胡同的状元楼设宴庆贺,据说请了马二。葛石头找人弄到一个席位,那天到了状元楼,很快就从人群里认出马二。乍一看这马二的脸真有点像管四爷,但除去这点就哪儿也不像了。管四爷是嘛派头,这家伙嘛样?活赛一条狗。

可是宴会开了不久,有人喊了一声:"请咱管四爷讲两句!"众人齐声呼好。马二从那边桌子前一站起来,可就赛换了个人。虽然还是那身行头,但那股子劲儿变了。只见他左手往后腰上一撑——管四爷讲话时就一准这么单手撑腰;同时小肚子往前一鼓一挺——管四爷撑腰时肚子就这么一鼓一挺。还没说话就赢得满堂彩,有人叫道:"管四爷附体了,绝啦!"

马二乘兴说:"今儿太平笔庄甲子大庆,诸位爷给咱朱老板面子,大家也是难得一聚,大家自管吃喝痛快,钱——记在我局里的账上!"

葛石头傻了。听这两句话的声音和腔调,就像管四爷在那边说话呢。

再瞧,马二正举杯说:"干了!"举手时胳膊伸得笔直,赛根杆子——管四爷就这么举杯!

葛石头在这边瞪圆眼珠子看;马二那边连吃带喝,说说笑笑,举手投足,活活一个管四爷,引得同桌和邻桌众宾客阵阵大笑。葛石头非但瞧不出破绽，反倒觉得他愈来愈入化境。到了后来，马二有点醉了，连摇身晃脑都像，已经难瞧出是在"学"管四爷了，就像每次教育局请客管四爷坐在那边吃吃喝喝的样子。

可是葛石头却看出他一边"乱真"，一边没忘了吃喝。桌上的鸡腿鱼肚虾腰肉块叫他摘着拣着撂在嘴里，吞在肚里。心想这小子，一边用管四爷的"名儿"白吃白喝，一边拿着管四爷开涮给大伙找乐，真是太损太缺了。

正热闹着，马二起身弯腰使筷子去夹远处碟子里一块肥嘟嘟的大海参时，没料到腰一用劲，放个响屁，这屁真响——真臭。坐在他身边的一位立时说："四爷的屁——扣屎盆子了！"大伙大笑；马二用管四爷的声调说："不臭叫屁？"大伙又大笑。一直笑到席散。

葛石头回到租界那边，把自己耳闻眼见照实禀告管四爷，然后说："咱拿他还真没办法，马二嘴里从来没说过他是在学您，说您名字的都是别人。"

葛石头原以为管四爷会大发雷霆，谁料管四爷嘛话没说，只是一笑。

没过几天，老城这边就传出一个说法：人家管四爷是租界里有身份的文明人，从来不会当着人放屁。马二学管四爷，学得再像也不该有放屁这段。马二是小混混儿，没见识，这下子彻底穿帮了！还有一句比广告还厉害的话：一个屁崩飞了马二的饭碗子。

商场里没有比传言更管事的。码头的人又爱说笑话，爱找乐子。从此各种饭局没人再请马二，反而拿马二放屁的事当作饭桌上的笑料了。

冷　脸

南门外有位铁匠，四十多岁，怪人，他从来不笑，脸总阴着，外号冷脸。

他不是脾气怪才没笑脸；他打小就没笑过，无论嘛事，人都笑了，甚至捧腹大笑，笑破肚子，他也不笑。他那张脸就像用铁皮敲出来的盘子，又黑又硬，赛个铁面人。

冷脸是打保定府来的，在天津至少待了二十年，人有点倔，性子闷，不好结交，没人知道他的事。后来，不知打哪儿传出一段他不会笑的根由，说他爹是钉马掌的，他四五岁时候，站在一边看他爹钉马掌，那马忽然犯起性子，一尥蹶子，后蹄子踢在他脑袋上，他挺在床板上不动劲不睁眼，滴水不进，大夫来一号脉，说没命了，顶多三天阎王爷就把他领走。可三天后他没走，还有气，七天过后，居然睁开眼醒过来，翻身下地，走路说话吃喝拉撒一切照旧，就少一样——不会笑了。人说他的笑脸给阎王爷留下了。

这说法听起来像那么回事，对不对，没人敢去和他核对。

他刚来天津那年，几个小子不信他决不会笑，一天摸黑，一

毛猴他俩往下一看,心里咯噔一下,满屋子七八十张热烘烘的笑脸里,有张脸赛铁板,又黑又硬又阴冷,甭打听,这就是那个冷脸。他俩想:今儿是不是真遇到克星了?

起上去把他按在地上，一起胳肢他，想叫他笑。可怎么胳肢他也不笑，直到将他胳肢得上边流泪下边尿尿，大喊求饶，可还是不笑。这几个小子住了手，认定这家伙到死也决不会笑。

不会笑是怪人，怪人还有更怪的事，就是好听相声，怪不怪事？听相声就为了笑，他不笑听相声为了嘛？练笑吗？谁也弄不明白。

冷脸不赌不嫖不贪杯，干完活，有点清闲，就钻进说相声的园子，找个凳子一坐，听几段。园子里的人都认识他那张半死不活的冷脸，这张脸好像专和说相声的找别扭，说相声就怕人不乐，你不乐等于人家的包袱不哏，活儿使得不绝，栽人家面子。在天津卫，谁要和说相声的作了对，就找几个人坐在园子里死活不乐，成心呛火。这一来，冷脸可就跟说相声的较上劲了。天津说相声的高手如林。开头，一个个跑到南门外来，看谁能把冷脸逗乐了，结果个个丢盔卸甲，掉头回去。于是南门外有句歇后语：

说相声逗冷脸——自找别扭。

可只有冷脸自己不知道这句话。

北京挨着天津，这怪人怪事传到北京的相声圈子。北京有不少高手，不信世上还有一个逗不乐的人，就来了一逗哏一捧哏的两位。这两位早先在厂甸、天桥一带扬名立万。先甭说"说学逗唱"的功夫都是超一流，单凭长相就不一般。逗哏的又高又瘦，像个瘦猴，人偏姓侯；捧哏的又矮又肥，像个胖猫，人偏姓毛，江湖给他俩一个绰号叫"毛猴"。北京不是还有种拿蝉蜕做的那种人见人爱的小玩意儿"毛猴"吗？这外号就在北京叫得山响。

毛猴来到天津,在南门外的喜福来开说。头一天,台下就坐满了人。冷脸听到信儿也来了。不少人都知道毛猴是冲冷脸来的,只有冷脸自己完全不知道。可他在台下一坐,阵势就摆开了。

毛猴上来,在台上一站,一高一矮一瘦一肥一精一傻,就惹得哄堂大笑。毛猴他俩往下一看,心里咯噔一下,满屋子七八十张热烘烘的笑脸里,有张脸赛铁板,又黑又硬又阴冷,甭打听,这就是那个冷脸。他俩想:今儿是不是真遇到克星了?可是毛猴是二十年老江湖,嘛都见过,先不管这脸,轻轻快快有说有笑之间,"啪"地甩一个包袱,甩得意外、漂亮、逗哏,人全笑了,唯独冷脸不笑。毛猴目光都扫见了,相互递个眼神,表面不当事,接着说笑,不经意中又使一个包袱,这包袱使得又巧又妙又绝,看出了老到,引得大家大笑,可冷脸还是没笑。毛猴见了,还不当事,接着再来;下边的包袱是毛猴拿手的——听一百次得笑一百次。毛猴一使,全场爆笑,笑声要掀去屋顶,毛猴再看,冷脸居然赛个睁着眼的死人。

毛猴觉得不好,知道今儿弄不好要栽在天津卫了。心里没根,接下去就有什么算什么了。老段子、新段子、文段子、荤段子,加上不停的现挂,直说得脑门流汗,嗓子冒烟,冷脸还是那张冷脸。最后,那个逗哏的瘦猴索性对着冷脸抖一个砸锅卖铁似的包袱,说:

"这位爷,您要是再不笑,我俩可真要脱裤子了。"

全场又一阵大笑。冷脸忽然站起身,板着面孔拱拱拳说:"您二位说得真棒,谢谢了。我退了。"话说完,起身离座走了。到了也没露出个笑脸。

毛猴两个站在那儿下不了台,这算栽到家,只好耷拉脑袋回北京。

自打毛猴走后,没人再敢再往南门外说相声。人们把冷脸愈说愈神,好像冷脸是天生的相声杀手。可奇怪的是打那天起,不单南门外的相声园子,全天津的相声园子里,没人再见过冷脸。有人说他远走高飞了,可有人说他哪也没去,还在南门外打铁,只是决不再听相声了。

这事就费琢磨了。那天他要是真夸毛猴的相声棒,干嘛不笑?他要是真的不会笑,干嘛非来听相声?他要真的爱听相声,干嘛从那天起与相声一刀两断了?

这几句问话没人答得上来。当时答不上来,今天更是答不上来。

一阵风

　　三岔河口那边那块地,各种吃的穿的用的玩的应有尽有,无奇不有。码头上的东西,一半是本地的特产,一半是南来北往的船儿捎来的新鲜货;外来的玩意儿招引当地人,本地的土产招引外来客。于是,走江湖卖艺的都跑到这儿来赚钱吃饭,吃饭赚钱。可是,要想在这儿立足就不易了。谁知道嘛时候忽然站出一位能人高人奇人?把你一脚踢一个跟斗。

　　民国元年,一位打山东来的跤手无敌手。个子大赛面墙,肩厚似牛臀,臂粗如大腿,光头圆脸冒红光;浑身的肌肉一使劲,好比上上下下到处肉球,再动两下,肉球满身乱滚。这小子拿手的本事是摔跤时,两手往对手肩上一搭,就紧紧抓住,腰一给劲,就把对手端起来。你两脚离地使不上劲,他胳膊长你踢不上他,你有再好的跤法也用不上。他呢?端着你一动不动,你再沉再重也没他劲大。等你折腾够了,他把你往地上一扔,就赛给他玩够的小猫小狗,扔在一边。据说他这手是从小练的一个怪招:端缸。他爹是烧瓦缸的,开头叫他端小缸,天天端着缸在院里转;等他端缸赛端鸡笼子,便换大一号的缸,愈换愈大,直到端起荷花缸赛端木桶,再往里边加水,每十天加一瓢水,等到他端着一缸水在院里如闲逛,这门天下罕见的功夫就练成了。天津的好跤手挺多,可是没人想出能治他的法儿来。

别以为这端缸的山东小子能在三岔河口站住脚。一天,打河北沧州来一位凶悍的汉子,这汉子是练铁沙掌的。人挺黑,穿一件夏布褂子,更显黑;乱糟糟连鬓大胡子,目光凶狠,一看就知不是善茬儿。这人过去谁也没见过,他在山东小子面前一站嘛话没说,把夏布褂子脱下往后一扔,露出一身肉赛紫铜,黑红黑红,亮得出奇,肉怎么能这么亮?可是,端缸的山东小子没把他当回事,出手往他肩上一搭,跟手一抓,怪事出来了,居然没抓住;再一抓,还是没抓住,这黑汉子肩上的肉滑不唧溜,赛琉璃瓦,山东小子没遇到过这种肩膀这种肉,唰唰唰连抓三下,竟赛抓鱼,他忽觉不好——原来这黑汉子半个身子涂了挺厚的一层油,怪不得这么亮这么滑!可是抓不住对方的肩,端不起来,他的功夫就用不上了。就在他一惊一怔之间,这汉子双掌疾出,快如闪电,击在他的当胸,他还没明白过来,只觉胸膛一热,已经坐在五尺开外的地上,耳听围观的人一片叫好。

从这天起,三岔河口这块地,这沧州来的黑汉子是爹。

每天都有人不服,上来较量,个个叫这黑汉子打得像挨揍的儿子。这汉子双掌又快又重,能受他一掌的只待高人。

没想到半个月后就有一位怪人站在他对面。

这人赛个文人,清瘦小老头,穿件光溜溜蛋青色绸袍,一身清气立在那儿,眼角嘴角带着笑。没等黑汉子开口,他叫身边一个小伙子帮他脱去外边的长袍,跟着再把这长袍穿上。可再穿上长袍时,他就把两条胳膊套在袍子里面,只叫两条长长的袖子

船夫上去一步蹬上小老头，两脚站在小老头双肩上。小老头看出不妙，摇肩晃膀，想把船夫甩下来。可是船夫任他左晃右晃，笑嘻嘻交盘着手臂，稳稳地一动不动。船夫整天在大风大浪的船板上，最不怕摇晃。

空空垂在肩膀两边,像两根布条。黑汉子说:"你这叫怎么一个打法?"

小老头淡淡一笑,说:"君子动口不动手,我决不用手打你。"这口气透着傲气。

黑汉子说:"真不用手?那么咱说好了——不是我不叫你用手,我可就不客气了。"

小老头说:"有本事就来吧。"

黑汉子说句"承让",上去呼呼几掌,每掌只要扫上,都叫小老头够呛。可是黑汉子居然一掌也没打上,全叫小老头躲闪过去。黑汉子运气使力,加快出掌,可是他出手愈快,小老头躲闪愈灵。一个上攻下击,一个闪转腾挪,围观的人看得出小老头躲闪的本领更高,尤其是那翻转,那腾跳,那扭摆,比戏台上跳舞的花旦好看。黑汉子打了半天,好像凭空出掌。拳掌这东西,打上了带劲,打不上泄劲。一会儿黑汉子就累得呼呼喘了。尤其小老头的空袖子,随身飞舞,在黑汉的眼里,哗哗的,花花的,渐渐觉得好赛和好几个小老头在打,直到打得他气短力竭,浑身冒汗,才住手,说了一句:"我服您了。"

小老头依旧刚才那样,垂着两条空袖笑吟吟、气定神闲地站在那里。他一招没使,没动手,就把黑汉子制服了。这小老头是谁,从哪儿来,谁也不知。但是打这天起,三岔河口又改名换姓,小老头称雄。有人不服,上来较量,小老头还是不出手,就凭着闪转腾挪和两条飞舞的空袖子,叫对手有劲没处使,自己把自己累趴下。

看来小老头要在这块地立一阵子,没过十天,又一位高人冒出来了。

谁也没留神,这些天这位高人一直扎在人群里,欣赏着小老头"动口不动手"的绝技,琢磨其中的诀窍,也找破绽。这人年轻健朗,穿件白布对襟褂,黑布裤,挽着裤腿,露出的腿肚子像块硬邦邦的圆石头。这种装束的人在三岔河口一带随处可见——船夫。他们使桨掌舵扯缆扬帆,练达又敏捷,逢到黑风白浪,几下就爬到桅杆顶尖,比猴子还快。可是要想和练武的人——尤其小老头较量较量,胜负就难说了。

看就看谁比谁绝。

这船夫一上来双手拱一拱拳,就开打。小老头照例闪转腾挪,叫船夫沾不上自己的边儿。小老头这双空袖子绝的是,舞起来叫人眼花缭乱,不知该对他往哪儿出拳使掌。袖子是空的,打上也没用。可是谁料这船夫要的正是这双长袖子。他忽地伸手抓住左边的衣袖,一阵风似绕到小老头身后,再抓住右边的衣袖,飞快地跑到小老头身后,把两条袖子结个扣儿,这个扣儿是活扣儿,懂眼的人一看便知,这是系船的绳扣儿。别看是活扣儿,愈使劲挣,扣儿愈死。待这袖子赛绳子扎得死死的,小老头可就跟棍子一样戳在地上。船夫上去一步蹬上小老头,两脚站在小老头双肩上。小老头看出不妙,摇肩晃膀,想把船夫甩下来。可是船夫任他左晃右晃,笑嘻嘻绞盘着手臂,稳稳地一动不动。船夫整天在大风大浪的船板上,最不怕摇晃。一直等到小老头没劲再晃,站老实了,才跳下来,伸手两下给小老头解开衣袖,转身便走。

从此,小老头人影不见,船夫也不见再来。这船夫姓甚名谁?哪门哪派?家在何方呢?

渐渐有了传闻,说这人家在北塘,没人知道他练过功夫,只说他是个好船夫，在白河里来来往往二十年，水性好，身手快，绰号一阵风。有人说前些天在大直沽那边碰见过他，问他为嘛不在三岔河口地上画个圈，显显身手，多弄点钱。一阵风说，天津这码头太大，藏龙卧虎，站在那儿不如站在船上更踏实。

张 果 老

　　好好一套的老东西失去一件,不成套了,这不成套的东西叫作失群。失群原本是令人惋惜又没辙的事,失群东西的价钱本应大打折扣,到了天津卫的古玩行反倒能拿它赚钱。怎么——不信?

　　今儿天好,索七来到估衣街,逛一逛他最欢喜的宜宝轩古玩店,他运气不错,隔着临街的玻璃窗,一眼就瞧见里边木架立着一排五彩瓷人。他玩瓷器绝对到家,那一排瓷人在他眼前一过,立时看出是嘉庆官窑五彩八仙人。进门就径直朝这东西奔去,走近一看果然极好,色气正,包浆好,人物有姿有态,神情各异,个头又大,个个近一尺高,难得的是没一点残缺。瓷人最易伤残的是手指,这几个瓷人没一根手指断尖。那股子富丽劲儿,沉静劲儿,滋润劲儿,讲究劲儿,就甭提了,大开门的嘉庆官窑!可是再盯一眼,问题就出来了。八仙人是八位,这怎么是六位?他细看一下,这儿站着的是汉钟离、铁拐李、曹国舅、吕洞宾、何仙姑、蓝采和,还缺着吹笛子的韩湘子和倒骑驴的张果老呵。没等他找老板问,只听声音就在耳边:"您别看东西失群,价钱也失群了呢。"再瞧,掌柜辛居仁就笑嘻嘻站在他身边。辛掌柜个子矮,嘴唇上边长几根花白的鼠须,仰头对他笑着脸说:"这套嘉庆官窑八仙要是整套的,品相这么好,还不得八根条子?一根条子一个人儿,现在您只出这半价——"他用手比画个"四",笑着说,"一半价!您就抱走了。这点钱您到哪买去?实话告您,您索七爷走运了,人家等着用钱!"

古董是死的,卖古董的能把它说活了。

"这是谁家的东西?"索七问。

"瞧您问的,干我们这行能说东西是谁的吗?不过这家可不一般,天津卫无人不知,只是我不能连名带姓地告诉给您。再说,东西这么好,您管它是谁家的干嘛?"

索七仔细再看看这六个瓷人,真是没挑;瓷人是手工活儿,每个瓷人都捏得好,画得好,烧得好,太难得!可要是整套齐全,花十根条子他也会狠下心来买。现在失了群,差大事了。辛掌柜好赛明白他想的是嘛,对他说:"嘉庆成套的东西哪有不失群的?您要摆在家里,别像我这样儿全都摆出来,您可以单摆一两个。单摆显得珍贵,隔一阵儿再换换,更新鲜。"

索七动了心。做买卖的比当大夫的还会察言观色。辛掌柜说:"老实跟您说,您要错过了,甭想再碰上。这东西今儿一早才摆出来,就叫您迎头撞上了。东西好,又这么贱,说不定下晌就叫人抱走了。"

于是索七回去取钱,来把款付了。辛掌柜给他包瓷人时说:"您索七爷是福运当头的人,往后多留神,说不定碰上失群的那两个,那您就发大财了。"这几句话把索七说得心花怒放,高高兴兴把这六位神仙抱回家。

好古玩的索七爷

索七仔细再看看这六个瓷人，真是没挑；瓷人是手工活儿，每个瓷人都捏得好，画得好，烧得好，太难得！可要是整套齐全，花十根条子他也会狠下心来买。现在失了群，差大事了。

打这天起,索七几乎天天逛古玩店。天津卫是商埠,来天津做生意的有钱人多,洋人也多,自然少不了古玩店,从租界马家口到老城内外,大大小小总有几十家。索七每五天就把所有古玩铺子都跑一圈。

索七这种人天津卫挺多。祖上有钱,本人无能,吃喝之外,雅好古玩,天天在城中转悠。一个月后,索七又转到估衣街的宜宝轩,这个月已经来三次了,次次落空。这次不一样,他又是隔着玻璃窗一眼看到古玩架站着一个瓷人,同时还看到辛掌柜朝他弯着眼笑嘻嘻招手呢。

他急忙跨进去,辛掌柜赶忙迎上来。边说:"我说上天不负有心人嘛。您看,这东西可是自己找您来的。"索七定睛一瞧,没错,嘉庆官窑五彩瓷人,和他那六个瓷人是一套的——双手执笛横吹的韩湘子,按笛孔的十根手指根根都有姿有态,小脸斜扭,红唇上翘,神情已入笛声之中。这瓷人做得似乎比那六个瓷人还好。这就要掏钱买。辛掌柜却说:"您先别急,价钱咱还没说呢,上回叫您买到便宜了,这回不行了。"开口就要两根条子。

索七说:"怎么这一个顶那三个的价?"辛掌柜说:"您别还价,就这价钱,顶多三天准出手。单卖单说,按品相说价钱,您自己凭心说,您手里那六个瓷人虽然都好,可都没法儿和这个比。这套八仙,这个最好!极品!"两人争了半天,最后辛掌柜搭上一个带款的宣德炉要了两根条子,才把这韩湘子给了索七。索七问他这东西是不是还是上次那家的货。辛掌柜说:"谁还会分两次拿出来卖?这件韩湘子是庚子闹义和团八国联军屠城后,人家在护城河边地摊上买的。人家可爱这件东西了,等着用钱,才拿出来卖。再告诉您吧,这东西刚上架,已经有两位想要,我没卖,就等着您来,我不想再叫这套瓷人失群。失了群再想合群只有等下辈子了。"

索七说:"还差一个张果老,你还得给我留神。"辛掌柜听了,露出笑容,说:"那您可得天天烧高香,古玩行里还没遇见过这种事呢。"

索七把这韩湘子拿回家,和先前那几位神仙排成一排,别提多美,也别提多别扭了。没这韩湘子,只当是几个失群的古董,有了韩湘子,反觉得是一堆残品。索七的一位朋友说,八仙是八卦五行之象,缺一不可。索七就像着了魔似的满城寻找张果老。三天去一趟北城外估衣街的宜宝轩,回回落空。急得他恨不得买条驴自己坐上去。

一天后晌回家,打西北城角走进太平街——他天天回家就走这条道,看见街口一边围着十来个人,兴致勃勃看着什么,他过去往人中间伸脑袋一瞧,有个人手里拿件东西在卖。再瞧,眼睛登时花了;待定住神瞧,竟然就是他想掉了魂儿的那个瓷人张果老!没错,不用细瞧,就是自己那套八仙瓷人,那个张果老!这是老天爷派人送到他手上来的吗?再瞧瞧卖东西这人,五十来岁,模样赛个小生意人,穿得不错,但脸上透着穷气。索七问道:"你是打哪来的?"没料到头一句话就把对方问火了:"你是买东西还是买人?你想说我是偷来的?"索七赶紧解释,愈解释对方愈冒火,后来干脆从腰里掏出块布,把张果老一裹,夹在胳肢窝里就要走,不肯卖了。索七赶紧拦住他,说好话,赔不是,说自己真心要买这件东西。对方听了,带着气说:"你要真要,六根条子!"这是天价,不沾边了,可是索七却不敢说个不字,死磨硬泡往下拉价,他愈拉对方把价咬得愈死,最后干脆说:"没工夫跟你绕舌头，我扔了砸了也不卖了。"

索七只好认头。回去取钱买了。

围观的人看不明白，明摆着成心刁难人的价钱也买？是买他爹他娘的灵牌吗？拿黄金当黄土了？

张果老抱回家，八仙终于凑齐了，也算各显了"其能"。

一天，索七一位上海的朋友来津，上门做客，看到摆在正中条案上的嘉庆官窑五彩八仙，这友人也好古瓷，懂行懂眼，连声称绝。说道："这东西得值六根条子。你花了多少请回来的？你买到便宜了吧？"

索七用心算一算，前前后后加在一起，竟是十二根。自己怎么会花这么多钱呢？他再把买这八仙前前后后的故事连起来一想，忽然明白到底怎么回事了——他钻进了人家早做好了的圈套！栽跟斗的事不能对外人说，嘴上说着："不多不多。"却觉得条案上的八仙人都在咧嘴笑他这个傻瓜。

狗 不 理

　　天津人讲吃讲玩不讲穿,把讲穿的事儿留给上海人。上海人重外表,天津人重实惠;人活世上,吃饱第一。天津人说,衣服穿给人看,肉吃在自己肚里;上海人说,穿绫罗绸缎是自己美,吃山珍海味一样是向人显摆。天津人反问:那么狗不理包子呢?吃给谁看?谁吃谁美。

　　天津人吃的玩的全不贵,吃得解馋玩得过瘾就行。天津人吃的三大样——十八街麻花耳朵眼炸糕狗不理包子,不就是一点面一点糖一点肉吗?玩的三大样——泥人张风筝魏杨柳青年画,不就一块泥一张纸一点颜色吗?非金非银非玉非翡翠非象牙,可在这儿讲究的不是材料,是手艺,不论泥的面的纸的草的布的,到了身怀绝技的手艺人手里一摆弄,就像从天上掉下来的宝贝了。

　　运河边上卖包子的狗子,是当年跟随他爹打武清来到天津的。他的大名高贵友,只有他爹知道;别人知道的是他爹天天呼他叫他的小名:狗子。那时候穷人家的孩子不好活,都得起个贱名,狗子、狗剩、梆子、二傻、疙瘩等等,为了叫阎王爷听见不当个东西,看不上,想不到,领不走。在市面上谁拿这种狗子当人,有活儿叫他干就是了。他爹的大名也没人知道,只知道姓高,人称他老高;狗子人蔫不说话,可嘴上不说话的人,心里不见得没想法。

老高没能耐,他卖的包子不过一块面皮包一团馅,皮厚馅少,肉少菜多,这种包子专卖给在码头扛活儿的脚夫吃。干重活的人,有点肉就有吃头,皮厚了反倒能搪时候。反正有人吃就有钱赚,不管多少,能养活一家人就给老天爷磕头了。

他家包子这点事,老高活着时老高说了算,老高死了后狗子说了算。狗子打小就从侯家后街边的一家卖杂碎的铺子里喝出肚汤鲜,他就尝试着拿肚汤排骨汤拌馅。他还从大胡同一家小铺的烧卖中吃到肉馅下边油汁的妙处,由此想到要是包子有油,更滑更香更入口更解馋,他便在包馅时放上一小块猪油。之外,还刻意在包子的模样上来点花活,皮捏得紧,褶捏得多,一圈十八褶,看上去像朵花。一咬一兜油,一口一嘴鲜,这改良的包子一上市,像炮台的炮一炮打得震天响。天天来吃包子的比看戏的人还多。

狗子再忙,也是全家忙,不找外人帮,怕人摸了他的底。顶忙的时候,就在门前放一摞一摞大海碗,一筐筷子,买包子的把钱撂在碗里。狗子见钱就往身边钱箱里一倒,碗里盛上十个八个包子就完事,一句话没有。你问他话,他也不答,哪有空儿答?这便招来闲话:"狗子行呵,不理人啦!"

别的包子铺干脆骂他"狗不理",想把他的包子骂"砸"了。

狗子的包子原本没有店名,这一来,反倒有了名。人一提他的包子就是"狗不理"。虽是骂名,也出了名。

狗子见钱就往身边钱箱里一倒,碗里盛上十个八个包子就完事,一句话没有。你问他话,他也不答,哪有空儿答?这便招来闲话:「狗子行呵,不理人啦!」

天津卫是官商两界的天下。能不能出大名,还得看是否合官场和市场的口味。

先说市场,在市场出名,要看你有无卖点。好事不出门,坏事传千里;好名没人稀罕,骂名人人好奇。狗不理是骂名,却好玩好笑好说好传好记,里边好像还有点故事,狗子再把包子做得好吃,狗不理这骂名反成了在市场扬名立万的大名了!

再说官场。三岔河口那边有两三个兵营,大兵们都喜欢吃狗不理包子。这年直隶总督袁世凯来天津,营中官员拜见袁大人,心想大人山珍海味天天吃,早吃厌了,不如送两屉狗不理包子。就叫狗子添油加肉,精工细做,蒸了两屉,赶在午饭时候,趁热送来。狗子有心眼,花钱买好衙门里的人,在袁大人用餐时先送上狗不理。人吃东西时,第一口总是香。袁大人一口咬上去,满嘴流油,满口喷香,大喜说:"我这辈子头次吃这么好吃的包子。"营官自然得了重赏。

转过几天,袁大人返京,寻思着给老佛爷慈禧带点什么稀罕东西。谁知官场都是同样想法。袁大人想,老佛爷平时四海珍奇,嘛见不着;鱼翅燕窝,嘛吃不到;花上好多钱,太后不新鲜,不如送上几天前在天津吃的那个狗不理包子,就派人办好办精,弄到京城,花钱买好御膳房的人,赶在慈禧午间用餐时,蒸热了最先送上,并嘱咐说:"这是袁大人从天津回来特意孝敬您的。"慈禧一咬,喷香流油,勾起如狼似虎的胃口。慈禧一连吃了六个,别的任嘛不吃,还说了这么一句:

"老天爷吃了也保管说好!"

这句话跟着从宫里传到宫外,从京城传到天津。金口一开,天下大吉,狗不理名满四海,直贯当今。

钓　鸡

民国十六年入冬,天津卫地面上冒出来一位奇人,这人谁也没见过。姓嘛叫嘛,长得嘛样,也就没人能说清楚。既然是奇人,就得有出奇的地方。这人是位钓客,但不是钓鱼,是钓鸡。鸡怎么钓？我说您听——别急。

那时,天津家家户户都养鸡养狗养猫。养鸡吃蛋,养狗看门,养猫抓耗子。狗在院里猫在屋里,鸡不圈着,院里院外随便跑,后晌该进窝的时候,站在门口一吆喝,或敲敲食盆食罐,就全颠颠跑回家了,决丢不了。可是到了民国十六年,天津人开始丢鸡,开始以为闹黄鼠狼,黄鼠狼抓鸡总留下点鸡毛,可是丢鸡的地方没人见过鸡毛;后来认为是有人抓鸡,可是抓鸡的地方总能听见鸡嘎嘎叫,怪的是——没人听过鸡叫。

不多时候,家住粮店后街的一位姓刘的老江湖,瞧出了门道。他发现丢鸡不总在一个地方,今儿河东,过两天河北,再几天杨庄子。丢鸡的地界都不大,不过几条胡同,一两条街,几十只鸡,好似给一阵风刮走,不留半点痕迹。黄鼠狼绝没这种心计,只有人才干得出来,这叫打一枪换一个地方。这偷鸡的人真够聪明。可他用嘛法子，不声不响，鸡也不叫，不大工夫，就把一个地界满地跑的几十只鸡全敛去了？

老刘开始到处走，留神用耳朵摸，只听到哪儿哪儿丢鸡的传闻，却没人说偷鸡的人给逮着了，只听到一个绰号叫"活时迁"——叫得挺响。嘿，人没见，号先有了。

二十天后一个小痞子告他这个活时迁的事，叫他大吃一惊。

据说这活时迁抓鸡不用手抓，用线钓。他先把一颗黄豆，中间打个眼儿，用一根细线绳穿过去，将黄豆拴在线绳一头；再使一个铜笔帽，削去帽尖，露出个眼儿，穿在线绳另一头上，铜笔帽像串珠那样可在线上任意滑动，然后将黄豆、线绳、铜笔帽全攥在手里，偷鸡的家伙就算全预备好了。

活时迁看到一个有鸡的地界，蹲在一个墙角，抽着旱烟，假装晒太阳。待鸡一来，先将黄豆带着线抛出去，笔帽留在手中。鸡上来吞进黄豆，等黄豆下肚，一拽线，把线拉直，就劲把铜笔帽往前一推，笔帽穿在线中，顺线飞快而下，直奔鸡嘴，正好把嘴套住。鸡愈挣，线愈紧，为嘛？豆子卡在鸡嘴里边，笔帽套在鸡嘴外边，两股劲正好把鸡嘴摽得牢牢的，而且鸡的嘴套着笔帽张不开，叫不出声。活时迁两下就把鸡拉到跟前。

小痞子说，活时迁多在入冬钓鸡，冬天穿一件黑棉大衣，抓了鸡，塞进怀里，谁也看不出来，更因为谁也想不到他用这法子偷鸡。小痞子还说，他一天吃三只鸡，吃不了拿到就近的集市上卖了。

老刘问他这话当真。小痞子说他前些天在挂甲寺一带亲眼见的。

老刘在家里寻思一天一夜，想出一招。他想，他住这粮店后

活时迁看到一个有鸡的地界，蹲在一个墙角，抽着旱烟，假装晒太阳。待鸡一来，先将黄豆带着线抛出去，笔帽留在手中。鸡上来吞进黄豆，等黄豆下肚，一拽线，把线拉直，就劲把铜笔帽往前一推，笔帽穿在线中，顺线飞快而下，直奔鸡嘴，正好把嘴套住。

街,养鸡的人家多,地势杂,活时迁迟早会来这儿偷鸡。他家也养鸡,他便守在家候着活时迁。他说:他钓鸡,我钓他。

入了腊月,他的鸡和隔墙陈三家的鸡忽然没了十几只,光光的一只没剩下。老刘说:"行了,上钩了。"

老刘知道在哪儿能找到活时迁。他去到附近一带几个卖活禽的集市上转,转来看去,瞧见一个胖子,脸色红,皮肤光,小眼赛一对琉璃珠黑又亮,身穿大棉袍蹲着,旁边一个竹编的罩笼,扣着五六只活鸡。老刘过去对这胖子说:"鸡吃得不少呀,嘴巴都流油了。"

胖子一听一惊,坐个屁股蹲儿。老刘心想这就是活时迁了。

活时迁手一撑地,又蹲回来,朝老刘笑道:"这么肥的鸡哪有福气吃?"

老刘一听他说话的口音不是当地人,却不和他多废话,指着鸡笼子说:"你把那白公鸡拿出来瞧瞧。"

活时迁应声伸手从叽哇乱叫的几只鸡中间把白公鸡抓出来,递给老刘。白毛红冠,雄姿勃勃。活时迁说:"这公鸡起码十斤,还是当年鸡,肉多又嫩,煮着炒着怎么吃都成。"

老刘拿着鸡问他:"多少钱?"

活时迁说:"不便宜也不贵,十个铜子儿。"

老刘说:"好,你就给我十个铜子儿吧,还有笼里那五只,总共六十个铜子儿。"

活时迁说:"别打岔了,你吃我鸡还要我给钱。"

老刘说:"谁打岔了,你抓我鸡还要我给钱。"

活时迁觉得话茬不对,把脸一撂,说:"好,你可得说明白,这鸡怎么是你的?"

老刘笑了,说:"你说这鸡是你的,可有记号?"

活时迁有点发急:"鸡不是你抱来的,是在我笼子里的。我没记号,你有记号?"

老刘说:"肚子上有个红圈儿。"

活时迁抓过鸡,翻过来,拿给围观的大伙看,叫着:"大伙瞧呵,哪来的红圈儿。"没有红圈,只有一肚子厚厚的白绒毛。

老刘冷冷一笑,左手把鸡抓过来,右手将肚子上的白毛一把把揪下,果然一红圈儿,用漆画在鸡皮上。他说:"我早在它换毛时就把这红圈儿画上去了。"

活时迁心想:这回要玩完,人家早早画个圈儿,等着自己往里跳呢。这才叫魔高一尺,道高一丈。码头人真厉害,自己只有叫爹叫爷,求饶了。

人家老刘是江湖。真正的江湖都厚道,得饶人处且饶人。他叫活时迁把笼子里的鸡腿拴在一起,头朝下提在手里。只朝活时迁说了一句:"小能耐,指着它活不了一辈子,弄不好只活半辈子。打住吧。"

打这天起,天津没听说谁再丢鸡。却得知道粮店后街有位姓刘的汉子,叫"赛时迁"。

龙 袍 郑

天津卫的名人都有来头,来头都不小。绰号"龙袍郑"这个郑老汉的来头顶了天——皇上。

郑老汉是海河边一个渔夫,一个人,一条船,有兴致时拉网打鱼,有清闲时握竿钓鱼,吃鱼卖鱼,靠鱼活着,傻傻乎乎,乐乐呵呵。

乾隆下江南时,乘船途经天津,看到河上桅杆林立,岸边货堆成山,开了大眼,皇宫里头虽然金装银裹,却看不到这种冒着人间活气的景象。皇上高兴,要到岸上溜达溜达,怕招眼招事,不敢骑龙驾虎,便在龙袍的外边罩件大氅,只带着两个随从,靠岸下船,边走边看,愈看愈有兴致,也就愈走愈远。

看着看着,一个景色把皇上吸引住。不远河上停着一只船,有舱有篷,一个渔翁坐在船头钓鱼。人在船上,影在水里,像个画儿。看钓鱼都是等着看人家钓上鱼,老翁一条一条总有鱼上钩,皇上就看得有滋有味,扭头对随从说:"回到宫里,我也去御花园钓钓鱼。"

随从说:"皇上钓的比他强,皇上钓的是金鱼。"

郑老汉是海河边一个渔夫，一个人，一条船，有兴致时拉网打鱼，有清闲时握竿钓鱼，吃鱼卖鱼，靠鱼活着，傻傻乎乎，乐乐呵呵。

可是没大一会儿,这渔翁收起竿子,把船几下划到岸边。这渔翁就是郑老汉。皇上走过去问他:"你正上鱼,怎么收竿不钓了?"

郑老汉站在船头,手往西一指说:"没见那云彩,要下雨了。"

皇上往西边一看,果然一块黑云。云形很怪,前头像刀裁一般齐。乌云前边是晴天,这云就像一块黑色的床单要遮过来。郑老汉说:"这是齐头云,来得可快,雨说下就下。您这是往哪去?还不快跑,迟了可就成落汤鸡了。"

皇上说:"哎哟,我是从船上下来玩的,我的船还远。"

郑老汉说:"您要不嫌弃就上船来避避,这雨说着就到。"

皇上抬头一看,果然半个天都黑了,风也大起来,而且冷飕飕的,往领口袖口里钻。随从赶忙把皇上扶上了船。船不大,舱不小,连皇上带随从都钻进去。皇上头次钻进这渔家的窝里,看哪儿都新鲜。郑老汉拿几个破碗,沏了茶。这茶比树叶多点味罢了,皇上竟说好喝。喝茶间,雨已经来了,雨落舱篷,像大把大把撒豆子。这一来,皇上更有兴致说:"你有吃的么?我有点饿了。"

郑老汉笑道:"我猜到您会饿,正给您热这锅熬面鱼呢!我郑老汉熬的面鱼,谁吃谁爱。这边打鱼的常提着酒葫芦来吃我的面鱼。"他说话这当儿,鱼味已经钻进皇上的鼻子眼儿,勾馋虫子了。

郑老汉的面鱼捧上来,皇上吃上两口就大声说好。面鱼又小又没样,从来上不了御膳,所以皇上没吃过;可是,面鱼又鲜又嫩又没刺,皇上头一遭吃,竟然大呼这才是山珍海味。御膳房的

看着看着,一个景色把皇上吸引住。不远河上停着一只船,有舱有篷,一个渔翁坐在船头钓鱼。人在船上,影在水里,像个画儿。

菜添油加酱,民间饭食原汁原味。皇上一边避雨,一边又吃又喝好快活,一高兴,把外边大氅解开,将里边的龙袍脱下来赐给了郑老汉。郑老汉万万没想到,天降洪福,居然在自家的小船篷里见到万岁爷了。两腿一软,两膝一松,"啪"地跪下,连连叩头,直到风停雨住,皇上走了,还趴在那儿把脑门撞着船板嘣嘣响。

整整一夜,郑老汉也弄不清这事是真是假。当今皇上到自己船上吃鱼喝茶——谁也不信是真的,可金光闪闪的龙袍就在自己手里。一时,他觉得赛做梦,连自己都不是真的了。

第二天一早,郑老汉没出船,在船头摆一张椅子,一张桌子。桌上铺着龙袍,自个儿坐在椅子上。不一会儿就招来许多好奇的人,而且人愈来愈多。当今皇上乾隆爷上过郑老汉的船,吃了他的面鱼夸好,还赐他身上的龙袍,这事眨眼传遍全城。几年前,皇上来天津,赶上妈祖生日看皇会,不过赐了两件黄马褂,民间就闹翻天。龙袍比黄马褂厉害多了,见了龙袍就如同见到皇上,于是有人跑去给龙袍叩头,这一来津城的乡绅、富贾、文人和官员纷纷赶往这里,像是皇上还在这里。官员碰上这种事都争先恐后,听说知府大人很快也要赶到。

郑老汉出了大名,从此人们就叫他"龙袍郑"。关于龙袍郑的各种传闻也就很快热闹起来。可是,人出了名就有人说好,有人说坏。一句好话后边总是跟着一堆坏话——恨人有笑人无嘛。有不怀好意地说龙袍郑天天夜里偷着把龙袍穿在身上,坐在舱里装皇上。这传闻跟着就引来一个可怕的消息,说知府大人听了发火了,不但不来了,还要抓龙袍郑,没收龙袍,治他"亵渎圣上"的重罪。后边还有更邪乎的传闻呢。

这一下就把龙袍郑吓跑了。三天过去,不见龙袍郑的人影船影龙袍影,看来是吓破胆了,划船跑了。

码头的事再热闹,都是一阵风,说过去就过去。渐渐人们不再提龙袍郑,却时不时有人把船泊在原先龙袍郑停船的地方,握竿垂钓,也想碰到一次皇上。

在估衣街上有个摆摊卖槟榔的小子,人挺精明,做梦都想发财,一直没撞上好机会。这小子也姓郑,兄弟排行老三,人称郑三。一天,有人对他说:"你也姓郑,人家龙袍郑也姓郑,人家是嘛运气,皇上找上门来。不过那老家伙有机会不会使,福报不够,天大好事竟然叫他差点惹来杀身之祸。"

郑三听了,灵机一动,眨眨眼说:"我会使。"没多少天,他就把自己祖传的北城根的两间瓦房,换到了海河边三间屋,开个面鱼店。自称自己和龙袍郑是同姓同宗同族,龙袍郑熬面鱼那两下子他都擅长,所以他开的面鱼店门口就挂起了"龙袍郑"的牌子。

做买卖靠旗号。谁不想品品皇上的口味?郑三的熬面鱼便成了天津卫小吃的名品。真龙袍郑亡命天涯,假龙袍郑日进斗金。日子一久,郑三就叫了龙袍郑。那段故事便成了他店里天天讲的老事了。

陈 四 送 礼

人世间最吃得开的有四大样：钱、权、爹、长相。有钱通神，有权比神还顶用，有好爹就是有靠山，长相俊招得人见人爱。可是单这些还不行。有钱有权还得会使，有爹有长相还得会用，这里边有一件要紧的东西不能缺——好法儿。

比方送礼，给官送礼，虽说官不打送礼的，可你能端着一盘子金元宝打人家大门进去吗？送礼得有送礼的法儿。天津卫最会给官送礼的是陈四，他打官场得到的恩惠也最多。书没读过几本，年纪轻轻已经做上邮政局的副局长。人说他每一步路都是拿礼铺出来的。陈四却说，官场从来路不平，有礼如履平地，没礼寸步难行。

陈四送礼的诀窍，是在人不知鬼不觉之间。礼要在暗处，送却要送在明处，这个明处学问可大着呢，它得叫受礼的人心知肚明，外人在场也看不出来。这礼怎么送法？

一日，陈四有一位做珠宝买卖的朋友戈老板，要在法租界的平安饭店宴请直隶省贾省长。陈四没见过贾省长，打早就想给省长送点礼拉拉关系，这是机会，便磨着戈老板带他去，把自己

陈四说："这齐白石我知道，不是那个画螃蟹大虾的吗？没嘛好，也不能吃。我家有几卷，全叫我送人了。这个不是齐白石，只是名字也有个「石」字，嘛嘛石，想不起来了，画得黑乎平，看都看不清楚，瞎抹呗。等收破烂的来了，给他！"

引荐给省长。

戈老板说:"你可别当着我面送大礼,人家省长是有身份的人,不会当众收礼的,你要是叫我没面子,就把我的事也坏了。"

陈四笑道:"你当我是雏儿?真送礼,连你也绝看不出来。"

吃饭那天,戈老板把陈四引荐给省长,人家省长和他一个小副局长差着十级八级,拿他只当见到的一只小狗。商场里谁有钱谁说话,官场里谁官大谁说话,根本轮不到陈四开口。陈四耐着性子等了好长时间才等出个空当,忽指着墙上一幅花鸟画说:"这画可不受看。"陈四早听说贾省长爱画,收藏的名人字画能装满一屋子。他想拿画勾起贾省长的兴致。

这一招果然生效。贾省长问:"怎么,你也懂画?"

陈四摇摇手中的筷子:"我不行,也不喜好,家父迷字画,老人家今年去世了,留下了一大堆字画,当初有钱置房子置地多好,结果一辈子把钱全扔在字画里了。如今这一大堆东西,不当吃不当穿,我看全是破烂,正忙着处理呢。"

贾省长一听,眉毛一扬,明显来了兴致。问道:"都是谁的画?"

陈四露出一副傻相,说:"我哪懂,人说名人就名人呗,省长懂画?"

贾省长迟疑一下说:"一知半解,喜欢看就是了。你知道你家那些画都是哪些人画的吗?"

陈四说:"好像一个叫嘛'石'的,画上边还有几行字儿。"

贾省长马上说:"齐白石?"

陈四说:"这齐白石我知道,不是那个画螃蟹大虾的吗?没嘛好,也不能吃。我家有几卷,全叫我送人了。这个不是齐白石,只是名字也有个'石'字,嘛嘛石,想不起来了,画得黑乎乎,看都看不清楚,瞎抹呗。等收破烂的来了,给他!"

贾省长稍一寻思,眼一亮:"傅抱石?"

陈四琢磨琢磨,忽叫道:"对——对!抱石,抱石,我还说画画这人名字真怪。抱着石头干嘛。这人有名吗?"

贾省长想一想,说:"还算有点名,画也可以。"

陈四接过话说:"黑乎乎一片还算可以?我反正不懂,省长想看,哪天我拿给您。今儿要不说起它来,说不定明天就卖破烂了。"他那神气像给丑闺女找到婆家,巴不得一下推给人家。

于是大家一笑,接着吃饭,省长也就和陈四有说有笑了。

戈老板虽然在座,没太听明白这里边的故事。他是个肚子没几滴墨水的人,回去找人一打听,才知道傅抱石非同小可,刚在南京办过大画展,惊动全城。细细寻思,这才明白陈四送礼的法儿之妙之高之绝。又过半年,戈老板听说陈四升了官,当上局长,不禁说:"陈四送礼——你知我知,神鬼不知。这个人还能当上更大的官。"

燕子李三

光绪末年,天津卫出了一位奇人,叫燕子李三。他人叫李三,燕子是他的绰号。他是个天下少见的飞贼,专偷富豪大户,每偷走一物,必在就近画下一只燕子做记号,表示东西是他大名鼎鼎的燕子李三偷的。此贼牵涉到富贵人家,官府必然下力缉拿,但李三的功夫奇高,穿房越脊,如走平地。遇到河面还能用脚尖点着水波而行,从这岸到那岸,这一手叫作"蜻蜓点水"。轻功不到绝顶,绝对学不会这一手。

燕子李三的事闹了半年,在城里城外十多个富人家被窃去的宝贝旁,留下了那个燕子的记号,府县的捕快使了不少计谋逮他,却连李三的影儿也没见过。有的说模样像时迁,一身紧身皂衣,长筒软靴,深夜出来行盗,人混在夜色里,绝对看不出来。有的说他长相和杨香武一样,嘴唇上留一撮两头向上翘的小黑胡,更是"燕子"的来历。于是一时间,留小胡子的人走在街上总会招人多看两眼。后来又有人说,什么时迁杨香武,都是戏迷瞎诌的。此人肯定长相平平,不惹眼,白天睡觉,半夜出行,像蝙蝠。

这李三怎么突然冒出来的?为嘛以前从没人说过?肯定是

收拾官印的仆人掀开玻璃罩子时,忽然发现官印朝南一面趴一个虫子似的东西,再仔细一看,竟然是一只毛笔画的又小又黑的小燕子!燕子李三画的!

新近打外地窜来的。天津卫有钱的人多,有钱的人宝贝多,就把李三这种人招来了。传说这个李三是河北人,燕赵之地的人身上都有功夫,还有说得更有鼻子有眼——是吴桥人。吴桥人善杂技,爬杆走绳,如履平地。说法虽然多,谁也没见过。愈见不着愈瞎猜,愈猜愈玄愈神愈哏,甚至有人说这李三就是几个月前刚打外地调任天津的县太爷。县太爷是河北人,人瘦如猴,能文善武,还爱财。甭管是不是他,反正说来挺好玩,愈说愈有乐子。天津人就好过嘴瘾,往里是吃,往外是说;说美了和吃美了一样痛快。

不过这飞贼李三在人们嘴里口碑不坏。反正他不偷穷人的。不但偷富,还济贫。东门内一家穷人欠着房租还不上,被房主逼得无奈,晚上在屋里哭哭啼啼,忽然打后窗外扔进一包东西,打开一瞧,竟是不少银子,令这家人更惊奇的是,包袱一角画着一只小燕。这家人急忙出去谢恩人,跑到门外一片漆黑,早没了人影。听说最有机会看到李三长相的是蹲在城门口讨饭的裴十一。李三把一纸包钱亲手摺在他手心里,可裴十一是个瞎子,只捏到李三的手,这手不大却挺硬;虽然脸对脸,嘛也瞧不见。

这一来,李三在人们口里就更神奇了。

一天,燕子李三在天津卫,把偷窃一事做到了头——他偷到天津最大的官直隶总督荣禄老爷的家。

这天,荣禄的老婆早晨起来梳妆,发现梳妆匣子里的一个珍珠的别针不见了。这是她顶喜欢的一件宝贝,珠子大小跟葡萄差不多大,亮得照眼,这么大的珍珠蚌在海里得五百年才能养成,当年荣禄想拿它孝敬老佛爷,她都死活不肯。丢了这东西跟她丢了命差不多。最气人的是在放别针那块衬绸上画了一只燕子,这纯粹是和荣禄老爷叫板!气得荣禄一狠劲咬碎一颗后槽牙。

荣禄也不是凡辈,他使个法儿:在大堂中间放一张八仙桌,桌面中央摆了总督的官印,上边罩一个玻璃罩子,然后放出话去,说当夜他要关上大堂门,堂内不设兵弁护卫,只他自己一人坐在堂上守候着官印,他要从天黑守到天亮,燕子李三有胆量有本事就来把官印取走!

这话一出,算和李三较上劲了,而且总督大人保准能赢。想想看,虽然大堂内没有一兵一卒,可是堂外必然布满兵力。大堂的门关着,官印在玻璃罩子里边扣着,总督又坐在堂上瞪圆眼守着,李三能耐再大,怎么取法?再说,门窗全都紧紧关着,怎么进去?钻老鼠洞?

当夜总督大人就这么干了。桌子摆在大堂上,官印放在桌面中央,罩了玻璃罩子;然后叫衙役退出大堂,所有门窗关得严严实实。总督大人自己坐在公案前,燃烛读书,静候飞贼。

从天黑到天亮,总督大人只在近五更时,困倦难熬时略打一个盹,但眨眼间就醒了,整整一夜没听到一点动静。天亮后,打开门窗,阳光射入,仆役们也都进来,只见那方官印还好好摆在那里,纹丝没动。总督大人笑了,说道:"燕子李三只是徒有虚名罢了。"

然后,举起双手伸个懒腰,喝口茶漱漱嘴,喷在地上,预备回房休息。

这时,收拾官印的仆人掀开玻璃罩子时,忽然发现官印朝南一面趴一个虫子似的东西,再仔细一看,竟然是一只毛笔画的又小又黑的小燕子!燕子李三画的!

总督大人登时目瞪口呆,猜想是不是自己五更时那个小盹,给了超人燕子李三可乘之机,但门窗是闭着的,他怎么进来怎么出去的?衙门里上上下下没人能猜得出来。

真人能人全在民间,很快民间就有了说法。说李三是在大堂还没关门窗时飞身进来,躲在了大堂正中那块"清正光明"大匾的后边,待到总督大人困极打盹时,下来把事干了,然后重回匾后藏身,天亮门窗一开,趁人不备,飘然而去。

这说法合情合理。可是总督大人纳闷,他当时为什么不拿走官印,只在上边画个小燕子?

人们笑道:官印?李三爷能拿却不拿,就是告诉你,那破东西只有你当宝贝,谁要那个!

鼓 一 张

天津卫的杨柳青有灵气,家家户户人人善画;老辈起稿,男人刻版,妇孺染脸,孩童填色,世代相传,高手如林。每到腊月,家家都把画拿到街上来卖,新稿新样,层出不穷,照得眼花。可是甭管多少新画稿冒出来,卖来卖去总会有一张出类拔萃地"鼓"出来。杨柳青说的这个"鼓"字就是"活"了——谁看谁说喜欢,谁看谁想买,争着抢着买,这张画像着了魔法,一下子能卖疯了。

于是年年杨柳青人全等着这画出现,也盼着自己的画能鼓起来了,都把自己拿手的画亮出来;这时候,全镇的年画好比在打擂。

这画到底是怎么鼓的?谁也说不好。没人鼓捣,没人吆喝,没人使招用法,是它自己在上千种画中间神不知鬼不觉鼓出来的。这画为嘛能鼓呢?谁也说不好。戴廉增和齐健隆①两家大店,画工都是几十号,专门起稿的画师几十位,每年新画上百种,

---

① 戴廉增、齐健隆为杨柳青年画鼎盛时期(清代光绪以前)最重要的两家画店。店铺设在镇上,规模大,品种多,印绘精美,影响甚广,今已不存。

却不见得能鼓出来;高桐轩①画得又好又细,树后边有窗户,窗户格后边还透出人来;他的画张张好卖,可没一张鼓过。就像唱戏的角儿,唱的好不一定红。人们便说,这里边肯定有神道,神仙点哪张,哪张就能鼓;但神仙决不多点,每年只点一张。这样,杨柳青就有句老话:

年画一年鼓一张,不知落到哪一方。

镇上有个做年画的叫白小宝。他祖上几代都干这行,等传到他身上,勾、刻、印、画样样还都拿得起来,就是没本事出新样子,只能用祖传的几块老版印印画画。比方《莲年有余》《双枪陆文龙》《俏皮话》,还有一种《金脸财神》。这些老画一直卖得不错,够吃够穿够用,可老画是没法再鼓起来的,鼓不起来就赚不到大钱,他心里憋屈,却也没辙。

同治八年立冬之后,他支上画案,安好老版,卷起袖子开始印画。他先印《双枪陆文龙》那几样,每样每年一千张;然后再印《莲年有余》;这张画上是个白白胖胖的小子抱条大红鲤鱼,后边衬着绿叶粉莲。莲是连年,鱼是富裕,连年有余。这是他家"万年不败"的老样子。其实,《莲年有余》许多画店都有,画面大同小异,但白家画上的胖小子开脸喜相,大鱼鲜活,每年都能卖到两千张,不少是叫武强南关和东丰台那边来人成包成捆买走的呢。

一天后晌,白小宝印画累了,撂下把子,去到街上小馆喝酒,同桌一位大爷也在喝酒。杨柳青地界不算太大,镇上的人谁都

---

① 高桐轩,字荫章,天津杨柳青人,清末著名年画画师。曾入清廷如意馆作画,擅长工笔和界画,造型精美,画艺高超,著有《墨余索录》。

鼓一张心莲年有馀
2015.6 九馬

白小宝一家老小全上手，老婆到集市上卖，他在家里印，儿子把印好的画一趟趟往集市上抱。他夜里再玩命印，也顶不住白天卖的快。几天过去，忽然一个街坊跑到他家说：『老白，全镇的人都嘈嘈着——今年你的画鼓了！』

认得谁。这大爷姓高,年轻时在货栈里做账房先生,好说话,两人便边喝酒边闲聊。说来说去自然说到画,再说到今年的画,说到今年谁会"鼓一张"。高先生喝得有点高,信口说道:"老白,你还得出新样子呵,吃祖宗饭是鼓不出来的。"这话像根棍子戳在白小宝的肋骨上。他挂不住面子,把剩下的酒倒进肚子,起身回家。

一路上愈想高先生的话愈有气,不是气别人,是气自己,气自己没能耐。进屋一见画案上祖传的老版,更是气撞上头,抓起桌上一把刻刀上去几下要把老版毁了,只听老婆喊着:"你要砸咱白家的饭碗呀!"随后便迷迷糊糊被家里的人硬拽到床上,死猪一样不省人事。

转天醒来一看,糟了,那块祖传的老版——《莲年有余》真叫他毁了,带着版线剜去了一块,再细看还算运气,娃娃的脸没伤着,只是脑袋上一边发辫上的牡丹花儿给剜去了。可这也不行呀——原本脑袋两边各一条辫,各扎一朵牡丹花,如今不成对儿了。急也没办法,剜去的版像割去的肉,没法补上。眼瞅着这两天年画就上市了。好在这些天已经印出一千张,只好将就再印一千张,凑合着去卖,能卖多少就卖多少,卖不出去认倒霉。

待到年画一上市,稀奇的事出现了。买画的人不但不嫌娃娃头上的花儿少一朵,不成对,反而都笑嘻嘻说这胖娃娃真淘气,把脑袋上的花都给耍掉了,太招人爱啦!这么一说,画上的娃娃赛动了起来,活了起来!于是你要一张,我要一张,跟着你要两张,我要两张,三天过去,一千张像一阵风刮走,一张不剩。白小宝手里没这幅画了,只好把先前使老版印的双辫双花的娃娃拿出来,可买画人问他:"昨天那样的卖没了吗?"他傻了,为嘛人人都瞧上那个脑袋上缺朵花的呢？

可他也没全傻，晚上回去赶紧加印，白天抱到市上。画一摆上来，转眼就卖光。一件东西要在市场上火起来，拿水都扑不灭。于是一家老小全上手，老婆到集市上卖，他在家里印，儿子把印好的画一趟趟往集市上抱。他夜里再玩命印，也顶不住白天卖的快。几天过去，忽然一个街坊跑到他家说："老白，全镇的人都嘈嘈着——今年你的画鼓了！"然后小声问他，"这张画你家印了几辈子了，怎么先前不鼓，今年忽然鼓了？"

白小宝只笑了笑，没说，他心里明白。可是往深处一琢磨，又不明白了，怎么少一朵花反倒鼓了？

年三十晚上，白小宝一数钱，真发了一笔不小的财。过了年他家加盖了一间房，添置了不少东西，日子鲜活起来。

他盼着转年这张画还鼓着，谁知转年风水就变了，虽说这张画卖得还行，但真正鼓起来的就不是他这张了，换成一家不起眼的小画店"义和成"的一张新画，画名叫作《太平世家》。六个女人在打太平鼓。那张画也是没看出哪儿出奇的好，却卖疯了，每天天没亮，义和成门口买画的人排成队挨着冻候着。

洋　相

自打洋人开埠,立了租界,来了洋人,新鲜事就入了天津卫。租界这俩字过去没听说过,黄毛绿眼的洋人没见过,于是老城这边对租界那边就好奇上了。

开头,天一擦黑,人们就到马家口看电灯,那真叫天津人开了眼。洋人在马家口教堂外立根杆子,上面挂个空心的玻璃球,球上边还罩个铁盘子,用来遮雨。围观的人不管大人小孩全仰着脑袋,张着嘴儿,盯着那个神奇的玻璃球,等着瞧洋人的戏法。天一暗下来,那玻璃球忽的亮了,亮得出奇,直把下边每张脸全都照亮,周围一片也照得像大太阳地,人们全都哎哟一声,好像瞧见神仙显灵了。洋人用嘛鬼花活叫这个玻璃球一下变亮的?

再一样,就是冬天里去南门外瞧洋人滑冰。南门外全是水塘河道,天一上冻,结上光溜溜的冰,那些大胡子小胡子和没胡子的洋人就打租界里跑来,在鞋底绑上快刀,到冰上滑来滑去,转来转去,得意之极。他们见中国人聚在河堤上看他们,更是得意,原地打起旋儿来,好比陀螺。有时玩不好,一个趔趄摔屁股蹲儿,或者四仰八叉趴在冰上,引来众人齐声大笑。当时有位文

洋相

一天，总商会又有演讲会，先上来一位先生站在台前，向台下边听众介绍一位来自租界的贵宾。跟着怪人出现了，还是那身穿戴，脖子上的蝴蝶又换成了白底绿格的了。

人的一首诗就是写这情景:

> 脚缚快刀如飞龙,
> 舒心活血造化功。
> 跌倒人前成一笑,
> 头南脚北手西东。

不久,就有些小子去到租界那边弄洋货,再拿回到老城这边显摆。一天,一个小子搬了个自鸣钟到东北角大胡同的玉生春茶楼上,摆在桌上,上了弦,这就招了一帮人围着看,等着听它打点。到点打钟,钟声悦耳,这玩意儿把天津人镇住了,茶楼上一天到晚都坐满了人,把玉生春的老板美得嘴都闭不上了,说要管那个抱钟来的小子免费喝茶吃东西。没过十天,玉生春又来个中年人,穿戴得体,端着一个讲究的锦缎包,先摆在桌上,再打开包,露出一个挺花哨的鎏金洋盒子,谁也不知干嘛用的。只见他也拧了弦,可不打点,盒里边居然叮叮当当奏出音乐,好听得要死。人称这小魔盒为"八音盒子"。这一来,来玉生春喝茶看热闹的人又多一倍,连站着喝茶的也有了。

不多时候,老城东门里大街忽然出现一个怪人,像洋人,又不像洋人,中等个,三十边儿上,穿卡腰洋褂子,里边小洋坎肩,领口有只黑绸子缝的蝴蝶,足登高筒小洋靴,头顶宽檐儿小洋帽,一副深色茶镜遮着脸,瞧不出是嘛人。看长相,像洋人,可是再看鼻子小了点。洋人鼻子又高又大前边带钩,俗称"鹰钩鼻子";这人鼻子小,圆圆好赛小蒜头。

这怪人在街头站了一会儿,忽然打腰里掏出一个小纸盒,从里边抽出一根一寸多长的小细木棍儿,棍儿一头顶着个白头。

他举起小木棍儿,从上向下一划,白头一蹭衣褂,嚓的生出火来,把木棍儿引着,令街上的众人一大惊,不知怪人这小棍儿是嘛奇物。怪人待手里的小木棍儿烧到多半,扔在地上,跟着从小盒再抽一根,再划,再生火,再烧,再扔。就这么一连划了十多根,表演完了,嘛话没说,扬长而去。

从此天津人称怪人这种"一划就着"的玩意儿叫"自来火"。

怪人走后十天,又来到东门里大街上,换了穿戴,领口那蝴蝶换只金色的。他又掏出自来火,划着;可这次没扔,而是打口袋又掏一个纸盒来,这纸盒比自来火那纸盒大一号,上边花花绿绿印了一些外国字;他从盒里抽出一根,这根不是木棍儿,而是小拇指粗细大小白色的纸棍儿,他插在嘴上,使自来火点着,街两边的人吓得捂耳朵,以为要放炮。谁料他点着后不冒火,只冒烟;他嘬了两口,张嘴吐出的也是烟。人们不知他干嘛,站在近处的却闻出一股烟叶味,还有股子异香。去过租界的人知道这是洋人抽的烟。原来洋人不抽烟袋,抽这种纸卷的怪烟,烟不放在腰间,藏在衣兜里。

从此天津人称这种洋烟叫"衣兜烟卷"。

这一阵子老城东门里大街上天天聚着一些人,有的人就是等着看这怪人和怪玩意儿。可是他不常露面,一露面就惹得满城风雨。一天,他牵来一只狗。这狗白底黑花,体大精瘦,两耳过肩,长舌垂地,双眼赛凶魔,它从街上一过,连街上的野狗不单吓得一声不出,一连几天不敢露头。

人要出头出名,就该有人琢磨了。这怪人到底是谁,是真洋人还是冒牌货?不久就有两样说法截然相反。一说,他家在西头,父亲卖盐,花钱不愁,近些年父亲总在南边跑买卖,没人管他,他特迷洋人,整天泡在租界里,举手投足都学洋人。另一说,这怪人是地道洋人,刚到租界才一年,觉得老城新鲜,过来逛逛而已,听说还会说一句半句中国话。进而有人说这怪人是英吉利人,叫巴皮。

那时候,天津卫闹新潮,常有人演讲。讲新风,反旧习,倡文明。演讲的地方在估衣街谦祥益对面的总商会,主办是广智馆。一天,总商会又有演讲会,先上来一位先生站在台前,向台下边听众介绍一位来自租界的贵宾。跟着怪人出现了,还是那身穿戴,脖子上的蝴蝶又换成了白底绿格的了。他上来弯下腰手一撇,行个洋礼,说几句洋话。

下边一个学生说:"他说的是哪国话?不像英文。我可是学英文的。"

这下人们就议论开了。

下边忽有人叫道:"你是叫巴皮吗?"

这怪人好似生怕给别人认错,马上说:"我就是巴皮。"

下边人接着问:"你打哪儿学的中国话,怎么还是天津味的?"

这话问过,众人一寻思,怪人刚刚说的话还真有点天津口音。

怪人一怔,不好答。下边人又问:"你爹是谁?"

怪人又一怔,马上把话跟上说:"米斯特·巴皮。"

没想到下边问话这人放大嗓门说:"小子,睁大眼看看我是谁?我才是你爹!我刚打广东回来。巴皮?巴嘛皮?快把这身洋皮给我扒下来回家!别在这儿出洋相了!"

自打这天,天津人管学洋人装洋人的叫作"出洋相"。

现在人说的"出洋相",这典故就是从这件事来的。

黄莲圣母

庚子闹义和团时,天津大乱,入夜城门不关,灯火通明,人不睡觉,满街乱窜。一群群打河北山东来的义和团涌入津城,衣服的前胸后背写着各自的八卦字符,扎各色的包头,举着自己的旗号,佩剑提刀,提棍拿枪,神气也不一样:有的狂喊乱叫,有的举动齐刷刷,有的全都阴沉着脸,口不出声,面带杀气,后槽牙咬得咯吱咯吱响,叫人不寒而栗。入城之后先立坛口,竖旗幡,升黄表,挂红灯,城中百姓马上把大饼、馒头、咸菜、大葱和香喷喷的油食一车车送来;听说义和团马上就要和租界里的洋人大打一仗了;马家口和老龙头那边已经有了火光,冒着黑烟,枪声一会儿紧一会儿松。义和团正在那边烧洋人的"狗窝"。

老城里人居十万,义和团一来至少二十万。这些年天津人和洋人打过不少仗,不管打赢打输,从来不怵洋人。

六月初的一天傍晚,城中各团都跑到北城外,沿着南运河两岸,人马整齐列出阵势,一片刀光剑影连同呼呼燃烧的火炬,倒映在河中。可是这么大场面居然听不到半点人声,静得出奇,也静得吓人,据说是黄莲圣母带领的红灯照的船队由南边开来了,说到就到。

这些天有关红灯照神兵天降的消息传遍津城。有一张揭帖贴满了城里城外，上边的话口气凶猛：

男练义和拳，女练红灯照。踹开紫竹林，大刀砍洋人。

这揭帖上的"洋人"两字还用朱笔勾了，只有死刑告示才用这写法。据说这帖子贴到了紫竹林，把洋人吓得不敢上街，窗帘都拉得死死的。

可是红灯照嘛样，谁也没见过。都说是些大姑娘小媳妇，穿一身红，个个貌美如天仙，手里握着灭洋人的法术。首领黄莲圣母长相美过天仙，好赛天后宫里的娘娘像；要说她武艺之强和法术之高，各团大师兄都差一大截。

眼瞧着，南运河上真的来了一队大船，桅杆上挂满红灯，一直开到贾家胡同停住，红灯照出舱登岸，个个红裤红袄，背插银刀，一手拿红纱折扇，一手提红绢灯笼，灯光照在脸上，真比戏里的杨门女将还好看还神奇。

站在岸上的义和团规矩很大，一见红灯照，一齐单手竖立胸前打问心，同时低下头来，不能瞪着眼瞧。黄莲圣母不出舱，不露面，各团大师兄全要进舱拜见。大师兄张德成、曹福田、刘呈祥等站成竖排依次入舱时，神态虔敬之极，好像进庙拜佛。

这一来，就招得天津人对身世不明的黄莲圣母胡猜乱想。有人说她名叫林黑儿，就是喝海河水长大的本地人，自小从父学武，随父卖艺，父亲惹了洋人入狱死了，她怀恨报仇。也有人说她根本不是凡人，是王母娘娘附体，能降神火烧掉紫竹林，直到把海水烧干，洋船开不进来；天津码头人杂嘴杂，有的说她是河眼瞧着，南运河上真的来了一队大船，桅杆上挂满红灯，一直开到贾家胡同停住，红灯照出舱登岸，个个红裤红袄，背插银刀，一手拿红纱折扇，一手提红绢灯笼，灯光照在脸上，真比戏里的杨门女将还好看还神奇。

东那边跳大神的巫婆,甚至说她是侯家后妓院里一个挺邪性的土娼。坏话一出来就会占上风。

三天后一早,红灯照忽然全从舱里出来,在岸上列队。霎时间,三千红灯照背插钢刀站成一片,右手提灯,左手执扇。黄莲圣母仍然没露面,由一位头发梳成高髻的"三仙姑"引着排队入城。城中义和团早已分列街道边,守护着红灯照。红灯照一进城门,便一齐跺脚。数千人跺脚响声震地,尘土遮天,铺天盖地,气势压人。这便是红灯照出名的"踩城";踩城就是压邪气,震洋人。

红灯照先在城里踩了一圈,然后来到西城里的教堂前。五百红灯照摆出一个阵势,突然一个四人抬的轿子出现,好赛由天而降,轿子直对教堂,敞开轿帘,还是无法瞧到里边的人,可是人人都知道黄莲圣母就坐在轿子里。不知黄莲圣母在轿子里施了嘛法术,只见站在轿边的三仙姑跑到教堂门前,一脚踹开教堂门,回头大叫一声:"烧!"

五百红灯照上去把手里的红灯一齐扔进去,登时教堂里边轰轰炸响,大火黑烟冲天而起。五百红灯照同时举起左手,朝着大火摇起了手里的小折扇。小扇如有神力,眼看着火势猛起,愈烧愈旺。在众人呼喊助威声中,顷刻教堂已烧成了一个黑乎乎的废砖窑,然后稀里哗啦成了一片废墟。

黄莲圣母大显神威的事,传到总督裕禄的耳朵里。三天后裕禄把黄莲圣母和张德成、曹福田等师兄请到了三岔河口的总督衙门,共议攻打紫竹林洋人的大事。至于裕禄与圣母怎么见的面,说了嘛话,谁也不知。只是抬轿子的轿夫听到裕禄问圣母:"洋人会打进天津城吗?"圣母隔着轿帘只说了三个字:"不当紧。"这话好赛没说出嘛,可是细一琢磨,这话却是又大气,又有根儿,拿着天大的事不当事,叫裕禄心里有了底,喜笑颜开,当下送了圣母一大捆黄布做旗子。

黄莲圣母回去就用这捆黄布做了一个特大的幡旗,足足两丈长,上缝四个墨色绒布大字:黄莲圣母。周围镶一圈金色的流苏,高高挂在大船的桅杆上,两边再配上两串红灯笼,威风十足,入夜之后更加照眼。天津百姓天天晚间跑到贾家胡同口对着这大船摆案烧香,拿她当神仙,求她保平安。各种坏话全给一扫而空。

红灯照每隔七天踩城一次,给自己壮势,给义和团师兄们壮威,也给津城百姓壮胆。过了些天,仗打起来,踩城更是必不可少。每踩一次城,天津人觉得浑身的力气和精神都加了一倍。于是踩城改做每隔三天一次,后来干脆就一天一次了。姑娘们一忙就来不及梳妆,头发蓬散着,衣衫皱巴巴,可是在炮火里,谁还看穿戴,要的是精气神。她们踩城时便一边踩脚,一边唱道:

妇女不梳头,砍掉洋人头。
妇女不裹脚,杀尽洋人笑呵呵。

打仗时,红灯照常常出征,飞天降火,火烧租界。每烧一次租界,就有一个红灯照,手举黄色三角得胜旗,骑着马跑回来报喜,完事把旗子插在船篷上。这时候,关于黄莲圣母的说法又多又神,却一直也没人见到她的模样。想想看,一个女子,能带数千女兵,威镇津城,叫朝廷命官一品大臣也弯下腰来,还飞身杀入洋人刀枪中出生入死,能是凡人吗?若是凡人,不就更叫人佩服得五体投地了?

庚子之战，义和团败了，红灯照大多不知去向。前一阵子，洋人们给红灯照吓得尿了裤子，现在闯进天津城，见到穿红衣女子就开枪，其实他们枪杀的红衣女子未必都是红灯照。天津人素来以红色为喜庆，女子好穿红衣。这一来，事后二十年，天津城里看不见穿红衣服的女子了。

至于黄莲圣母的下落，无人能说清楚；或战死，或隐匿，或被俘，其说不一。据说洋人在三岔河口一带抓到了黄莲圣母和三仙姑，一度关在总督衙门的大牢里，洋人还给她俩拍了照片，后来被作为战利品押到西方展览。是真是假，再没有一点消息和凭据。

这说法天津人不认头。天津人说，照片上这两个被俘虏的女子，看上去是普通人家的妇女，肯定是洋人为了炫耀武力，瞎编的。连天津人都没一个见过黄莲圣母，洋人凭嘛说是？这只能说，洋人虽然打赢了，可心里还是怕咱的黄莲圣母。

甄 一 口

要说喝酒,谁也喝不过甄一口。

酒量,没边儿;各种酒杂着喝,没事儿;喝急酒,多急多猛多凶都不含糊。他喝啤酒时仰着脑袋,把酒瓶倒立在嘴上,手不扶瓶子,口对口,一瓶酒一下倒进胃里,只过食管,绝不进气管,要呛早呛死了,还有谁能这么喝?他能一晚上两箱啤酒,二十四瓶,全这么下去。"甄一口"的大号就这么来的。

有人不服,说他是县长,喝酒不花自己的钱,敞开喝,想喝多少喝多少,这么喝狗也能练出来。可是,本事是练出来的,海量不醉是人家天生的。甄一口从来就没醉过。甄一口说:"我娘说过,我要真醉就醒不过来了。"

别人只当笑话,可是老娘的话绝不能当假。这话先撂在这儿。

有人问,几十瓶酒进身子里,都放哪儿了?这话问到关口,也问到喝酒的门道上了。人喝酒,酒进身子,但不能只进不出;肚子有多大,能装二三十瓶酒?身子里的酒必得排出去,俗话叫出酒。能喝酒的人必能出酒,出酒的地方各不相同。有的尿,从下边排出来；有的倒，从上边吐出来；有的冒汗，从浑身汗毛眼儿发出来。纳税局一位局长上酒桌，必戴一块毛巾擦汗，喝完酒，毛巾赛从酒缸里捞出来的。

甄一口都不是，他另有一绝——从脚上出来。

他不喝酒时，脚是旱脚；喝酒时，脚是汗脚。

打脚上冒出来的可不是汗，是酒。上边的嘴进的酒多，下边的脚出的酒就多。每次赴宴，决不穿丝袜和皮鞋，必穿线袜布鞋，皮鞋憋酒，布鞋吸酒。他的随从还要事先在他座位前落脚的地方，放一小块厚毛毯，为了好吸酒。每每酒终人散，他两只脚像从酒河里蹚过来的。回到家第一件事是热水泡脚，把脚上的残酒泡去，要不就成醉鸡醉鸭了。因此，甄一口两只脚从不生脚气，光滑白嫩，好似一双妇人足。

某日，甄一口去上司那里开会，会后正要返回，被一位上司留下吃饭谈事，这上司是他的"现管"，自己升迁的梯子在人家手里，不能谢绝，只好说好。随行却对他说："县长您今天喝酒可得悠点，您没穿布鞋，小毯子也没带着。"甄一口说："我有根。"可是上了饭桌上了酒，就另一码事了。开头，甄一口压着量，推推挡挡；可是这位领导馋酒，就不好硬推硬挡。偏偏上司七八盅下去就上头，上兴，来劲；再七八盅下去，就较上劲了。冲他叫着："都说你大名甄一口，喝啤酒时嘴和瓶子口对口，眼见为实，今儿我得亲眼看看，不然就是瞧不起我。"

甄一口被降住了，不能不喝也不敢不喝，一箱啤酒就搬上来，开箱开盖；两人说好，甄一口啤酒一瓶上司白酒一盅。上司的酒多半趁乱倒掉，甄一口却货真价实。他把一瓶啤酒举上头顶，脑袋朝后一仰，就势手腕一翻，瓶口立在嘴上，嘴巴没动，脖

甦一口

他把一瓶啤酒举上头顶，脑袋朝后一仰，就势手腕一翻，瓶口立在嘴上，嘴巴没动，脖子笔直，顷刻满满一瓶酒灌进肚里，再一翻腕，空酒瓶放在桌上；这种喝法，天下无二。

子笔直,顷刻满满一瓶酒灌进肚里,再一翻腕,空酒瓶放在桌上;这种喝法,天下无二。

上司看得高兴,大呼"人才难得",随手又操起一瓶啤酒"哐"地放在甄一口面前,喝道:"再来!"既是赞许又是命令,更想大开眼界。这就一瓶一瓶干下去了。

不会儿,甄一口就觉脚热,脚烫,两只脚呱唧呱唧不舒服。心想不好,自己的脚出酒了,皮鞋不透水,怎么办?没等他想明白,脑袋已经想不了事了。

事后甄一口的随从说,他给县长脱下皮鞋时,每只鞋窝里足有一瓶酒。

甄一口到头来,还真的应上他娘的那句话:要是真醉就再醒不过来了。

可是他娘是怎么知道的?

自画小说插图记

为自己的小说画插图,是一种另类的爱好,画的也是一种另类的画。

作家写人物时,这人物的音容笑貌先是清清楚楚在自己心里,然后用笔把他写出来。可是,作家能把人物活脱脱写出来就行了,干吗还要再画出来呢?给小说画插图是画家的事呀。为什么有的作家喜欢干这种事?比方雨果、萨克雷、马雅可夫斯基等等。一方面是因为这些作家擅长画画;会画画的人,总是情不自禁把自己脑袋里的形象画出来。你看普希金和莱蒙托夫的手稿上,不是常画着一些各种模样的小人儿吗?再有,是因为有的作家很在乎书的形态和美感,比如鲁迅先生,虽然不画画,却给自己写的编的不少本书设计过封面呢。单纯从装帧角度看,鲁迅先生的设计颇有品位,大气,富于审美个性。

我为自己小说画插图全然出于一种兴趣。有时小说写完,人物还在脑袋里活灵活现,我是画画出身的,便禁不住画了出来。待到给报刊寄稿时,就连文带画一并寄去。编辑见插图是我自己画的,觉得有趣,一起发了出来。上世纪八十年代一些发表在《收获》上的小说如《三寸金莲》《雪夜来客》，还有登在《文汇月刊》上的《话说王蒙》《雾里看伦敦》等，都是图文一并刊出的。如此自写自画，在自享中也给读者一点乐趣。然而，干这种事很即兴，信手拈来，近些年来实在太忙了，很少写小说，多写忧虑重重的思想随笔，自画插图的事便自行中断了。

我画插图来得随意。画得随意，连用的笔也是从书案上随手抓来就用，多使钢笔、铅笔、圆珠笔、软笔。简笔写意，还都带着一点幽默感，这大概与我爱画漫画有关。我的漫画是我家庭生活的内容之一，常取材家庭日常生活的笑料，画的对象多是老婆孩子朋友熟人和自己，画出来取乐，画自己时多自嘲。由于常画，便练得几笔之间神气活现，但这属于一种私人的"家庭文化"，从不拿出来发表。

可是，我有一次却用这种漫画的笔法自画了插图。那是上世纪八十年代访美归来，我写了七十多篇中西观念对比的随笔，发表在报纸上。这组随笔多使用诙谐幽默的笔法，很契合我的漫画画法，便随手画了插图。一文一图，连画了七十图，后来还出版了一本自画插图版的《海外趣谈》。

现在为这"足本"的《俗世奇人》画插图也是这样。一是很即兴，写好小说之后，人物还在脑袋里有声有色；一是这部小说本身带着一种幽默，很适合用我擅长的这种漫画形式来画插图。我先是在一个本子上画了几篇小说中的人物，没想到愈画愈来劲来神，一发不可收拾，半个月过去，居然画了厚厚一本；有时一个人物不同姿势不同神气画了好几幅。每篇小说各选一个人物，这个插图本也就出来了。

以往，他人也为《俗世奇人》画过插图，比如日本的纳村公子,画得不错。但别人画的是他们心里的《俗世奇人》,我画的是我的。这些人物是从我脑袋里生出来的,我知道他们脾气禀性,挤眉弄眼是什么样子;再有,我在天津生活了一辈子,深谙天津人骨子里那股子劲,那种逗强好胜,热心肠子,要面子,还有嘎劲。我画,更是画这些东西。

好了,我有一本自己画的插图本小说了。现在只想再写画一本。

2015 年 8 月 20 日